汉译世界文学名著丛书

古都

〔日〕川端康成 著

高慧勤 译

The Commercial Press

川端康成

古都
据《古都》（新潮文库，新潮社，1968年）译出

汉译世界文学名著丛书
出版说明

1902年，我馆筹组编译所之初，即广邀名家，如梁启超、林纾等，翻译出版外国文学名著，风靡一时；其后策划多种文学翻译系列丛书，如"说部丛书""林译小说丛书""世界文学名著""英汉对照名家小说选"等，接踵刊行，影响甚巨。从此，文学翻译成为我馆不可或缺的出版方向，百余年来，未尝间断。2021年，正值"汉译世界学术名著丛书"出版40周年之际，我馆规划出版"汉译世界文学名著丛书"，赓续传统，立足当下，面向未来，为读者系统提供世界文学佳作。

本丛书的出版主旨，大凡有三：一是不论作品所出的民族、区域、国家、语言，不论体裁所属之诗歌、小说、戏剧、散文、传记，只要是历史上确有定评的经典，皆在本丛书收录之列，力求名作无遗，诸体皆备；二是不论译者的背景、资历、出身、年龄，只要其翻译质量合乎我馆要求，皆在本丛书收录之列，力求译笔精当，抉发文心；三是不论需要何种付出，我馆必以一贯之定力与努力，长期经营，积以时日，力求成就一套完整呈现世界文学经典全貌的汉译精品丛书。我们衷心期待各界朋友推荐佳作，携稿来归，批评指教，共襄盛举。

商务印书馆编辑部

2021年8月

译　序

"没有新的表现，便没有新的文艺；没有新的表现，便没有新的内容。而没有新的感觉，则没有新的表现。"[①]——一九二五年，川端康成（1899—1972）进入文坛不久，便这样宣言式地标榜一种新的表现手法。二十世纪二十年代，日本作家大都进行着艺术的探索，在表现方式上有很大的突破。无产阶级作家以崭新的面貌出现于文坛，新一代资产阶级作家也大胆打破传统的写实主义，引进西方现代派文学的各种手法，出现了"新感觉派"及后来的各种艺术流派。而川端康成正是"新感觉派"的骁将，与同时代的横光利一、中河与一、片冈铁兵及稍后的崛辰雄等，成为二战后野间宏、大江健三郎、黑井千次等一大批现代派作家的先导。

川端康成擅长捕捉外界事物给他的瞬间意象或感觉，哪怕是极细微的感触，也能在他的笔下生发为一个有声有色的世界。他对外来的现代派技巧，并非生搬硬套，而是当作借鉴，化为己有。所以读川端的小说，大抵会留下这样一个印象：既有日本情调，又不乏现代艺术感觉。一九六八年，川端康成的《雪国》《千鹤》

---

① 川端康成：《新进作家的新倾向解释》，《川端康成全集》第16卷，新潮社，1980年，第276页。

《古都》三部作品，"以其敏锐的感受，高超的叙事技巧，表现日本人的精神实质"，而荣获诺贝尔文学奖。《雪国》写于一九三五年，一经发表便见重于文坛，但是毁誉不一。有的赞赏备至，推崇其为"近代文学史上抒情文学的顶峰"[①]；有的则认为《雪国》表现的是一种"颓废的美"[②]，是"颓废和死亡的文学"[③]。如果说，三十年代是川端创作的成熟期，那么五十年代，则是他的鼎盛期。就艺术技巧而言，在三篇得奖作品中，《千鹤》（1949—1950）确实写得圆润纯熟，浑然老到。在《千鹤》里川端否定了道德，抛弃了家庭伦理，把爱情孤立于社会意识之外，局限于有闲阶级男女的感情圈里，甚至堕落为乱伦的性爱。而在川端晚年的创作中，《古都》（1961—1962）可以说是个例外，写得颇纯正，一扫《千鹤》等作品那种颓废的色彩，不失为一部清新朴实的作品。

《古都》描写了一对孪生姐妹的悲欢离合。川端在《写完〈古都〉之后》[④]中说，"本打算写一篇短小可爱的爱情小说，没料到竟写成一对孪生姐妹的故事"。虽是双胞胎，两姐妹境遇却大不相同。由于家境贫寒，出生之后，姐姐千重子即遭遗弃，为一家绸缎批发商所收养，成了一位养尊处优的小姐。妹妹苗子，虽未见弃于父母，却在襁褓中便成了孤儿，长大后受雇于人，自食其力。

[①] 长谷川泉：《近代文学史上的川端康成》，《川端康成其人与艺术》，每日新闻社，1969年。

[②] 坂本浩：《美的创造——〈雪国〉与〈天上的葫芦花〉》，1939年。

[③] 杉浦明平：《川端康成》，《现代日本作家》，未来社，1964年。

[④] 川端康成：《写完〈古都〉之后》，《川端康成全集》第33卷，新潮社，1983年，第184页。

两姐妹容貌端丽，心地善良，天真烂熳虽不及"伊豆的舞女"，却也是川端作品中令人喜爱的纯洁少女。

千重子仿佛是古都的象征，体现古都的优美、风华，秉有少女的细腻心理，敏于观察，善于感受：春花秋虫，使她联想到大自然的永恒，生命的无限；高耸的北山杉，使她感悟为人的正直之道。而苗子，宛若北山杉的精灵，挺拔、秀丽、生机勃勃。当雷雨袭来，她以身体庇护姐姐；为了不影响姐姐的婚姻，宁可割舍自己的爱情，表现出动人的手足之情和牺牲精神。按川端的说法，小说开头一段描写寄生在老枫树上的两株紫花地丁，是两姐妹命运的比喻：咫尺天涯，却终难聚合。苗子固然自感身世凄凉，即便是养父母爱如掌上明珠的千重子，何尝不怀有人生孤寂之感？这恐怕是孤儿出身的作者的自况吧。小说的结尾，是苗子踏雪踽踽离去，千重子倚门怅然而望……由于谁也无力抗拒的命运，加之少女多愁善感的情怀，使小说在明快的基调上，更添些许诗意的感伤。

虽说《古都》的主题是写两姐妹的命运，但从全书的结构和作者的兴趣来看，显然着力于描写古都——京都的风物人情。川端在写《古都》时说："一直想写一部小说，以探访日本的故乡。"[①]"故乡"云云，当是指京都。川端还说："我把京都深幽的景色，当作哺育我的'摇篮'。"[②]千余年来，京都为日本历代建都之

---

① 川端康成：《〈古都〉作者的话》，《川端康成全集》第33卷，新潮社，1983年，第175页。

② 川端康成：《在茨木市》，《川端康成全集》第15卷，新潮社，1981年，第284页。

地，荟萃着日本的传统文化：优美的自然风物，众多的名胜古迹，以及四时的民俗节令，无不反映出日本民族的智慧和情趣。所以，京都实为日本人的精神故乡，涵育了《源氏物语》《枕草子》等优秀的民族经典，其中当然也包括川端文学在内。而继承与发扬传统美，向为川端不懈的追求。

进入二十世纪六十年代，日本经济高速发展。意识到历史进程的无情，社会发展的代价，作者深恐传统不继，盛事难再，便把古都的种种捉诸笔端，写照留影。小说始于樱花烂漫的春日，终于细雪纷飞的初冬。随着情节的展开，读者跟着千重子遍访京都的名胜古迹，欣赏平安神宫的樱花、嵯峨的竹林、北山的圆杉、青莲院的樟树，领略一年一度盛大的祇园会、时代祭、伐竹祭、鞍马的"大"字篝火……小说好似京都的风俗长卷，这些风物和民俗，在川端的笔下，已不单纯是小说的场景，本身就已构成艺术形象，不仅能唤起日本读者的审美情绪和文化乡愁，也让外国读者领略到日本的风情和日本的美。总之，川端以一支深情的笔，在作品中，极写人性之美、自然之美和传统之美。

一般来说，川端康成的作品很少展示时代风貌。但《古都》与其他作品不同，反映了日本二十世纪五十年代经济恢复后，生活方式日趋美国化、传统工艺濒临危机等社会现象。书中有一段提到和服生产"过剩"，商号相继倒闭，一些中小作坊不得不停工数日，以便稍压产量。千重子家是和服老店，因为墨守旧式经营方式，生意清淡，家道衰落。尽管作家是出于慨叹传统之不继，才在作品里予以如此表现，但这种把故事情节置于一定的社会环境，跟时代相联系的写法，在川端康成的作品中是比较难能可贵的。

川端认为，作家应"以他的个性、地方性和民族性创作"（《乡土艺术问题概况》），而一个民族的文学，则有两条发展道路："即世界化的道路和东方化的道路……倘如仅局限于日本，便只能具有消极的世界性。而要有积极的世界性，则必须是超越日本之上，能予世界文艺以新的启示。"（《文艺寸言》）川端的创作，正是傍本源以求新，纳外来于传统，融传统美与现代派手法于一炉。所幸他，终于获得成功，既在本国得到高度赞扬，又为世界所认同：一九六八年，瑞典文学院表彰他"在架设东西方之间精神桥梁上，做出了自己的贡献"，从而授予他诺贝尔文学奖。川端文学，可谓启示，而启示本身，就是价值所在。

高慧勤

目 录

春之花 …………………………………… 1
尼姑庵与格子门 ………………………… 18
和服街 …………………………………… 38
北山杉 …………………………………… 58
祇园会 …………………………………… 77
秋色 ……………………………………… 99
松林苍翠 ………………………………… 120
深秋里的姐妹 …………………………… 143
冬之花 …………………………………… 157

春之花

千重子发现枫树的老干上，紫花地丁含苞吐蕊了。

"哦，今年又开花了。"千重子感到了春的温馨。

在市内这方狭小的庭院里，这棵枫树显得特别大，树干比千重子的身腰还粗。当然，它的树皮又老又糙，长满青苔，同千重子那婀娜的腰肢无法比拟……

枫树的树干，齐千重子腰际的地方，略向右弯，到她头顶上面，弯得更加厉害。而后，枝叶扶疏，遮满庭院。长长的枝梢，沉沉地低垂。

在树干屈曲处的稍下方，似乎有两个小洼坑，紫花地丁就长在两个洼眼里。而且，逢春必开。自千重子记事时起，树上便有这两株紫花地丁了。

两株紫花地丁上面一株，下面一株，相距一尺来远。正当妙龄的千重子常常寻思：

"上面的紫花地丁同下面的紫花地丁，能相逢不？这两枝花彼此是否有知呢？"说紫花地丁"相逢"咧，"有知"咧，究竟是怎么回事呢？

每年春天，紫花地丁花开不过三五朵。可是，到了春天，就会在树上的小洼眼里抽芽开花。千重子在廊下凝望，或从树根向上看去，时而为这紫花地丁的"生命力"深自感动，时而又泛起一阵"孤寂之感"。

"长在这么个地方，居然还能活下去……"

到店里来的顾客，有赞赏枫树长得美的，却几乎无人留意紫花地丁开花。苍劲粗实的树干上，青苔一直长到老高的地方，显得格外端庄古雅。而寄生其上的紫花地丁，自然不会博得别人的青睐。

然而，蝴蝶有知。千重子发现紫花地丁开花时，双双对对的小白蝴蝶，低掠过庭院，径直飞近枫树干上的紫花地丁。枫树枝头也正在抽芽，带点儿红，只有一丁点儿大，把翩翩飞舞的白蝴蝶衬映得光鲜夺目。两株紫花地丁的枝叶和花朵，在枫树干新长的青苔上，投下疏淡的影子。

这正是花开微阴、暖风和煦的春日。

直到白蝴蝶一只只飞去，千重子仍坐在廊下凝望枫树干上的紫花地丁。

"今年又在老地方开花，真不容易呀。"她独自喃喃，几乎脱口说出声来。

紫花地丁的下面，枫树根旁竖了一盏旧的石灯笼。灯笼柱上雕了一个人像。记得有一次，父亲告诉千重子说，那是基督。

"不是圣母玛利亚吗？"千重子当时问道，"有座大的和北野神社里供的天神像极了。"

"据说是基督。"父亲肯定地说，"手里没抱婴儿嘛。"

"哦，当真……"千重子点了点头，接着又问，"咱家祖上有人信教吗？"

"没有。这盏灯大概是设计庭园的师傅或是石匠搬来安在这儿的。灯也没什么稀罕。"

这盏基督雕像灯笼，想必是从前禁教时期造的。石头的质地很粗糙，易碎，上面的浮雕人像，经过几百年的风吹雨打，已经毁损残破，只有头脚和身子依稀能看出个形影来。恐怕当初的雕工也很粗陋。人像的长袖几乎拖到下摆处。双手似乎合十，手腕那里略微凸了出来，辨不出是什么形状。印象中，与佛和地藏王是截然不同的。

这盏基督雕像灯笼，不知从前是为了表示信仰，还是用来当作摆饰，标榜异国情调。如今因其古色古香，才搬到千重子家店铺的院子里，摆在那棵老枫树脚下。倘使哪个来客发现了，父亲便说"那是基督像"。至于店里的顾客，难得有人留心大枫树下的旧灯笼。即或有人注意到，院子里竖上一二盏灯，本是司空见惯的事，谁也不会去看个仔细。

千重子的目光从树上的紫花地丁向下移，看向基督像。千重子上的不是教会学校，但她喜欢英语，常出入教会，读新旧约全书①。可是，给这盏灯笼供花点烛，却似乎有点儿不伦不类。灯笼上哪儿都没雕十字架。

基督像上面的紫花地丁，令人联想起圣母玛利亚的心。于是，千重子的目光从基督雕像灯笼上抬起来，又望着紫花地丁。——蓦地，她想起养在旧丹波②瓷壶里的金钟儿③来。

---

① 指《旧约圣经》和《新约圣经》，基督教的经典。
② 日本旧地名，位于今京都府中部和兵库县中部，出产瓷器。
③ 昆虫名。善于跳跃，雄的鸣声似小钟，可供玩赏。

千重子养金钟儿,比她最初发现紫花地丁在老树上含苞吐蕊要晚得多,也就这四五年的事。在一个高中同学家的客厅里,她听见金钟儿叫个不停,便讨了几只回来。

"养在壶里,多可怜呀!"千重子说。可是那位同学却说,总比养在笼子里白白死掉强。据说有些寺庙养了好多,还专门出售金钟儿的卵。看来有不少同好者呢。

千重子养的金钟儿如今也多起来了,一共养了两只旧丹波壶。每年不迟不早,准在七月初一前后孵出幼虫,八月中开始鸣叫。

只不过它们出生、鸣叫、产卵、死亡,全在又小又暗的壶里。但是壶里可以传种,也许真比养在笼子里只活短暂的一代强。而壶中讨生活,亦别有天地。

千重子也知道,"壶中别有天地"是中国古代的一个故事。说是壶中有琼楼玉宇、珍馐美酒,完全是脱离尘世的化外仙境。这是许多神仙传奇中的一个。

然而,金钟儿却并非因为厌弃红尘才住进壶里的。虽然置身壶中,却不知所处何地,就那么苟延残喘下去。

顶叫千重子惊讶的,是要不时往壶里放入新的雄虫,否则同是一个壶里的金钟儿繁衍的幼虫又弱又小。因为一再近亲相交。所以,为了避免这情形,一般养金钟儿的人,彼此经常交换雄虫。

眼下正是春天,不是金钟儿引吭的秋天。可是,千重子从紫花地丁今年又在枫树干的洼眼里开花,联想到壶里的金钟儿,倒并不是毫不相干的两件事。

金钟儿是千重子给放进壶里的,而紫花地丁又为什么会长在这样一个局促的地方呢？紫花地丁业已开花，金钟儿想必也会繁殖鸣叫的吧？

"难道是自然赐予的生命吗……"

千重子将春风拂乱的鬓发掠到耳后，心里同紫花地丁和金钟儿相比较："那么我自己呢……"

在这万物勃兴的春光里，瞧着这小小的紫花地丁的，怕也只有千重子了。

听见店里有动静，大概正在开午饭。

千重子应邀要去赏樱花，也该去梳洗打扮一下了。

昨天，水木真一打电话给千重子，邀她上平安神宫去赏樱花。真一有个同学打工，半个月来，天天在神宫门口查票。真一听他说，眼下正是花事最盛的时节。

"好像派人专门守望在那儿似的，这消息最确实不过了。"说着，真一低声笑了起来。真一低低的笑声，声音很美。

"恐怕他会瞧见我们的。"千重子说。

"他把门的呀。谁都得从把门的跟前过嘛。"真一又笑了两声，"你若觉得这样不合适，咱们就分头进去，到院子里的樱花下碰头好了。那儿的花，即便一个人赏，也看不厌的。"

"那你就一个人去赏花，岂不更好？"

"好固然好，万一今晚下了大雨，花事凋零，我可不敢保。"

"那就看落花的风情呗。"

"雨打泥污的落花，难道还有什么风情可言？这就是你所谓的落花……"

"你真坏!"

"到底谁坏……"

千重子穿了件素净的和服,走出家门。

平安神宫以"时代祭"①而著称,明治二十八年(一八九五年),为纪念一千多年前桓武天皇奠都京都而修建的,所以殿堂不太陈旧。据说大门和前殿是模仿当年平安京②的应天门③和大极殿④。右有橘林,左有樱花。从一九三八年起,迁都东京之前的孝明天皇也被供奉在这里。在神前举行婚礼的人为数不少。

最美的,莫过于一簇簇红垂樱,装点着神苑。如今真可谓"除了此地樱花,无以代表京洛的春天"。

千重子走进神苑的入口,便见樱花满枝,姹紫嫣红,觉得赏心悦目。"啊,今年又看到京都的春天了。"她伫立着凝视樱花。

然而,真一在哪儿等她呢?难道还没来不成?千重子打算找到真一后再看花,便从花丛中走下缓坡。

真一正躺在下面的草地上闭目养神,两手交叉枕在头下。

千重子万没想到,真一会躺在那儿。真讨厌。居然躺着等年轻姑娘。倒不是千重子觉得受了羞辱,或者是真一没有礼貌,而是他那么躺着就不顺眼。在千重子的生活里,难得见到睡着的男

---

① 平安神宫自1895年建成以来,每年10月22日举行盛大的祭祀活动,游行者身着各时代服饰,展示日本风俗变迁。
② 日本京都的古称。
③ 日本平安时代皇宫内朝堂院二十五门之一,南面的正门。
④ 朝堂院的正殿。日本天皇在此执行政务,举行即位、朝贺等重要大典。

人，所以有点儿看不惯。

在大学校园里，大概真一也常和同学一起在草坪上，或支肘侧卧，或仰天而躺，谈笑风生。他此刻的样子，不过是一种习惯姿势罢了。

真一的身旁，坐着四五个老婆婆，摊开提盒，在谈天说地。想必真一感到她们仁厚和蔼，就坐在一旁，而后才躺了下去。

这么想着，千重子微微笑了，但是面颊上也跟着飞起一片红晕。她不去惊动真一，只是站在那里。终于，她抬脚从真一身旁走开了……千重子确实从未见过男人的睡相。

真一的学生服穿得整整齐齐，头发梳得光光溜溜。长长的睫毛合在一起，看来依然像个少年。可是，千重子正眼也没瞧他一下。

"千重子！"真一叫住她，站了起来。千重子陡然着恼起来。

"睡在那儿，多不雅观！过路人都看着你呢。"

"我没睡呀。我知道你来了。"

"你真坏。"

"我想，要是不喊你，看你怎样。"

"你看见我，还装睡，是吗？"

"我心里在想，进来的这位小姐多幸福啊！不觉感到有些悲哀。而且，还有些头痛……"

"我？我幸福？"

"……"

"你头痛吗？"

"不，已经不痛了。"

"脸色看着不大好。"

"不,没什么。"

"简直像把宝刀似的。"

真一偶尔听人说自己的脸"像把宝刀",但千重子这么说,他还是头一次听到。

每逢别人这么说他,正是一股激情涨满他的胸怀之时。

"放心,宝刀不伤人。而且,这儿又是樱花树下。"真一笑着说。

千重子登上缓坡,往回走到回廊的口上。真一也离开草坪,跟了过来。

"这些花真想全看一遍。"千重子说。

站在回廊西口,望着一簇簇红垂樱,顿时使人感到春意盎然。这才是名副其实的春天呀!连纤细低垂的枝头,也开满了嫣红的重瓣樱花。樱花丛中,与其说是花开树上,看起来倒像枝丫托着繁花朵朵。

"这儿的樱花,我最喜欢这棵树上的。"千重子说着,带真一走到回廊另外一个拐弯处。那儿有棵樱花树,显得格外花繁叶茂。真一也站在一旁,望着那棵树。

"仔细看上去,颇有些女性的风韵。"真一说,"纤细低垂的枝丫,以及枝丫上的花朵,那么柔媚,又那么丰满……"

重瓣樱花,朵朵都红中带紫。

"我从未想到,樱花竟这么富有女性风度。无论是色调、姿态,还是娇艳的风韵。"真一又说了一句。

两人离开这棵花树,向池边走去。窄窄的小径旁,摆着坐榻,上面铺着大红毡子。游客坐在那里品茗。

"千重子！千重子！"有人喊道。

幽阴的树丛里，有座叫"澄心亭"的茶室。真砂子穿着长袖和服，从里面走出来。

"千重子，来帮个忙吧。我都累死了。我正帮师傅点茶呢。"

"我这一身，只配洗洗茶杯什么的。"千重子说。

"不要紧，洗茶杯也成……反正我端出去。"

"我还有个伴儿呢。"

真砂子这才发现真一，便咬着千重子耳朵问：

"是未婚夫吗？"

千重子微微摇了摇头。

"男朋友？"

千重子又摇了摇头。

真一转身走开了。

"那么，你们就一起到茶会上来吧……这会儿正空。"真砂子邀请道。千重子谢绝了，回头追上真一说：

"是和我一起学茶道的。人很漂亮吧？"

"平平而已。"

"瞧你，不怕人家听见。"

真砂子站在那里目送他们。千重子向她点头致意。

穿出茶室下面的小径，便是池塘。岸边那片菖蒲叶子，绿意迎人，竞相争翠。水面上浮着睡莲的叶子。

池塘的四周，没有樱花。

千重子和真一沿着池塘，向一条林荫小路走去。嫩叶的清香和着湿土的气息，溢满空中。这条林荫路又窄又短。走到尽头，豁然开朗，呈现一片池水，比方才的池塘还大。池边的红垂樱，映在水中，照人眼明。外国游客纷纷对着樱花拍照。

池对岸的树丛里，马醉木开出朴素淡白的小花——千重子想起了奈良。那里有不少松树，虽然谈不上古木参天，却婆婆多姿。倘若没有樱花，苍翠的松树也足以引人注目观赏的吧？想必不错。眼下，高洁的青松、澄明的池水，把朵朵的红垂樱衬映得格外妍媚。

真一走在前面，踩着池中的石步。这叫作"渡水石"。一块块石步，圆圆的，仿佛是从鸟居①柱子上截下来的。有的地方，千重子须略微撩起和服的下摆。真一扭过头来说：

"真想背你过来呢。"

"你背个试试。算我佩服你。"

这些石步，连老太婆都能踱得过的。

石步旁边，也漂浮着睡莲的叶子。快到对岸时，石步旁的水面上映着小松树的倒影。

"这些石步排列的形状，有点儿像抽象派。"真一说。

"日本的庭园，不是都有点儿像抽象派吗？醍醐寺院的杉形藓②，大家也都说什么抽象、抽象的，听着叫人反感……"

"诚然，那里的杉形藓，确很抽象。醍醐寺里的五重塔，已经

---

① 日本神社参拜道路入口的大门，两边各竖一根柱子，上部用横穿板固定住，其上再架上压顶木。

② 土马鬃、金发藓。在日本用于苔藓庭园，茎不分枝，密生线形或披针形叶，似杉树的小枝。

修缮完毕，就要举行竣工典礼了。去看看好吗？"

"那五重塔，也会跟新金阁寺①一样吗？"

"想必也会焕然一新、庄严堂皇吧。尽管塔没烧掉……也是拆掉后，照原样重盖的。竣工典礼正赶上樱花盛开的时候，恐怕会人山人海。"

"要讲赏花，看了这里的红垂樱，别处的就不会再想看了。"

两人说着，走完了最后几块石步。

走完石步，池边是片松林。再走不多远，便上了"桥殿"。"桥殿"者也，实则为桥，因造型像座宫殿，故名曰"泰平阁"。两侧的桥栏，有如带矮靠背的长凳，游人可以坐在上面休憩，隔池眺望园景，不，应说眺望带池塘的庭园。

坐在桥边的人，吃的吃，喝的喝，也有小孩子在桥心跑来跑去。

"真一，真一，这儿……"千重子先坐了下来，右手给真一占了个座位。

"我站着好了，"真一说，"蹲在千重子小姐脚下也行……"

"不理你。"千重子倏地站起，让真一坐下，"我去买些鲤鱼饵来。"

千重子买回鱼饵，撒到池里，鲤鱼一群群聚拢来，有的跳出水面。涟漪一圈圈漾了开来。松荫樱影，摇曳流荡。

剩下的鱼饵，千重子问真一："给你吧？"真一默不作声。

---

① 即京都北山上的鹿苑寺，因饰有金箔，故名金阁寺。1950 年焚毁，后重建。

"头还痛吗？"

"不痛。"

两人在桥上坐了很久。真一脸色发青，兀自凝神望着水面。

"想什么呢？"千重子问。

"哦，想什么？有时会什么都不想，却觉得挺幸福！"

"在这樱花烂漫的春日……"

"不，在幸福的小姐身旁……或许也沾到点儿幸福？那么温婉可人而又富有朝气。"

"你说我幸福？"千重子反问了一句，眼里忽然蒙上一层忧郁的阴影。她低垂着头，仿佛是池水映入了她的眼帘。

千重子站了起来。

"桥对面有棵樱花树，我最喜欢。"

"这里也看得见，是那棵吧？"

那株红垂樱，极其俏丽。尽人皆知，是棵名树。花枝有如弱柳低垂，疏密有致。走在花下，轻风微拂，花瓣飘落在千重子的肩上、脚下。

树下也有点点落花，间或飘落在水面上。不过，算来怕只有七八朵的样子……

有的垂枝虽撑以竹竿，但树梢纤纤，仍不免下垂，几乎拂到地面。繁花如锦，透过隙缝，隔池犹可望见东岸树丛之上嫩叶覆盖的青山。

"是东山的余脉吧？"真一问。

"是大文字山。"千重子答。

"哦，是大文字山？怎么看着那么高？"

"恐怕是站在花丛里看的缘故。"然而，千重子自己也是在花丛中的。

两人都有些流连难舍。

那棵樱花树四周的地面上，铺满了白色的粗沙。右边，松林高耸，在这座园子里可谓挺拔优雅，接着便是神苑的出口。

走出应天门，千重子说：

"我想去清水寺看看。"

"清水寺？"真一脸上的表情，仿佛是说，怎么去这么个不足道哉的地方。

"我想从清水寺那儿看看京城的黄昏。还想看看西山上落日的霞空。"听千重子一再这么说，真一便也点头同意。

"好，那就去吧。"

"走着去好吗？"

路相当远。他们避开电车路，绕道南禅寺，出知恩院后门，穿过圆山公园，踏上一条羊肠古道，便来到清水寺前面。这时已是春日向晚，暮霭沉沉了。

清水寺的舞台上，游人只剩三四个女学生，她们的面容已经难以看清了。

这正是千重子最喜欢的时刻。漆黑的正殿里已点上明灯。千重子停也不停，径直走过正殿的舞台，从阿弥陀佛殿前面走进里院。

里院也有座"舞台"，是筑在悬崖峭壁上的。屋顶葺以桧树皮，檐角轻扬，舞台小巧玲珑。但这舞台是面西而坐的，朝着京城，对着西山。

市里已经灯火点点，夜色微茫。

千重子靠着舞台的栏杆，仰望西天，仿佛忘了同来的真一。

真一走到她身旁。

"真一，我是个弃儿。"千重子突兀地说。

"弃儿？"

"嗯，弃儿。"

这"弃儿"二字，难道是别有用意？真一颇感迷惑不解。

"弃儿？"真一喃喃地说，"你怎么胡思乱想自己是个弃儿！你算弃儿，那我更是弃儿了，那种精神上的……也许人人都是弃儿。一个人降生到世上，就像是被上帝抛到人间一样。"

真一望着千重子的侧脸，隐隐约约好像染上一层暮色似的。也许是春宵恼人，她才戚然不乐？

"正因为是上帝之子，所以抛弃在前，拯救在后……"

真一的话，千重子似乎没有听进去，只管俯瞰灯光灿然的京都，对他看都不看一眼。

看到千重子这种莫名的悲哀，真一不觉抬起手来，往她肩上放去。千重子把身子一闪，说道：

"别碰我这个弃儿。"

"明明是上帝之子，却说是弃儿……"真一的声音提高了一点儿说。

"别说得那么玄……我才不是什么上帝的弃儿，实在是为人间的父母所遗弃的孩子。"

"……"

"是个扔在铺子外面格子门前的弃儿。"

"你胡说什么呀!"

"是真的。虽说这事告诉你也没用……"

"……"

"从清水寺这儿,望着暮色中广漠的京都,我心里想,自己果真是出生在京都的吗?"

"看你说的。简直是发神经……"

"我干吗要瞎说呢?"

"你难道不是批发商的掌上明珠吗?独生女就爱想入非非。"

"当然,他们疼我。如今弃儿不弃儿也没什么要紧的,可是……"

"你说是弃儿,有什么根据吗?"

"根据?铺子外的格子门就是根据。古老的格子门,知道得最清楚。"千重子的声音愈发清朗悦耳,"记得上中学时,母亲把我叫去,告诉我说:'千重子,你不是我亲生的。我看到一个可爱的婴儿,就抱了乘上车,一溜烟逃回了家。'不过,在什么地方偷抱的,父亲和母亲有时不留神,说法互有出入。一个说在祇园的夜樱下,一个说在鸭川边上……要是照实说,我是给扔在店门前的弃儿,他们准是觉得我太可怜,才这么说的……"

"哦,那你不知道生身父母是谁吗?"

"现在的父母很疼我,我也就无意再去打听了。也许他们早已成为仇野墓场里的孤魂野鬼了。石冢已经陈旧不堪……"

春日的融融暮色,宛如一片淡红的云霞,从西山一路笼罩过去,遮蔽京都的半边天空。

真一简直难以置信，千重子会是一个弃儿，更不消说是偷来的孩子。她家在古老的批发商大街上，到附近一打听就能知道。当然，眼下真一还没打算要去查个明白。他感到迷惘，还想知道的是，千重子为什么要在此时此地告诉他这些话。

难道说，约他真一到清水寺来，就是为了说这事？千重子的声音更加清越明澈了，语调优美，透出刚毅的韵味。看来并非是向真一诉苦。

千重子隐隐约约知道，真一爱她。莫非千重子的告白，是为了叫所爱的人知道自己的身世不成？真一听着又不像。不如说，正相反，言外之意是她压根儿就拒绝他的爱。然而，即便"弃儿"一说是千重子编造的也罢……

真一心里寻思，在平安神宫里，他几次说千重子"幸福"，千重子的话要是用来反驳他的，那就好了。真一想试探一下。

"你知道自己的身世以后，感到失望没有？伤心了吗？"

"不，一点儿都不失望，也没伤心。"

"……"

"只是我提出要上大学的时候，父亲说，一个要继承家业的女孩儿，上什么大学，反倒误事。还不如好好学做生意实际。当时听了父亲这话，我才有些……"

"是前年的事吧？"

"是啊。"

"你对父母总百依百顺吗？"

"嗯，百依百顺。"

"婚姻大事也如此？"

"嗯，目前还是这么打算。"千重子毫不犹豫地答道。

"难道就不考虑你自己，不考虑个人的感情吗？"真一问。

"考虑得简直过分，为此都苦恼不堪。"

"你想压抑自己，扼杀自己的感情吗？"

"不，并不想。"

"你净说谜一样的话。"真一轻轻一笑，声音有些颤抖。他把身子探出栏外，想窥探千重子的脸色，"我要看看这个谜一样的弃儿的尊容。"

"恐怕太暗了。"千重子这才把脸转向真一，目光闪闪。

"怪吓人的……"千重子抬眼望向正殿的屋顶，上面的桧树皮葺得厚厚的，显得又重又暗，逼将过来，阴森可怖。

尼姑庵与格子门

千重子的父亲佐田太吉郎,三四天前来到嵯峨①躲进一座尼姑庵里。

庵主已经六十五岁开外。这座小尼姑庵,虽然地处古都,又是名胜,但是庵门隐没在竹林深处,几乎无人观光,如今颇为萧条冷清。厢房里难得举行什么茶会,也称不上是有名的茶室。庵主常常外出传授插花之道。

佐田太吉郎在尼姑庵租了一间屋子,他最近一段时间的境遇,恐怕也跟这座尼姑庵相似。

佐田好歹开了一家绸缎批发店,坐落在京都的市中心。周围的店家大抵都成了股份公司,佐田的铺子形式上也是股份公司。不用说,太吉郎是老板,一应业务都托付掌柜(现时叫专务董事或常务董事)。店里还保留不少从前老店的规矩。

太吉郎年轻时就有一种名人派头,性情落落寡合。至于把自己染织的作品拿去举办个人展览什么的,他丝毫没有这类野心。即使展出,恐怕也会因过于新奇难以售脱。

---

① 位于京都西部,隔大堰川与岚山相对,有清凉寺、天龙寺、大觉寺等著名古刹。

上一代的太吉兵卫并不干预，由着太吉郎自己画去。要画趋附潮流的图案，店内有的是图案设计师，店外也不乏各类画家。可是，太吉郎没有多少天赋，设计也没有多大长进，只好借助麻药的药劲，在友禅绸①上画些怪诞的花鸟图案。等到太吉兵卫发现他这样我行我素的时候，才赶紧把他送进医院。

太吉郎这一代接管店铺之后，他设计的花样已经没什么稀罕的了。于是，他感到悲哀，独自躲进嵯峨的尼姑庵里，同时也为了能获得设计方面的灵感。

战后②，和服的花样有显著变化。他想，当年靠麻药的药劲画出的花样，如今再拿出来，说不定既新鲜又抽象。然而，太吉郎已是年过半百的人了。

"干脆采用古典图案，也许行得通？"太吉郎有时自言自语地说，眼前不禁浮现出以往各种款式的精品。古代衣料和旧时和服的花样与色调，全在他的脑海里。当然，太吉郎有时也到有名的园林和山野去写生，以设计和服图案。

中午时分，女儿千重子来了。

"爸爸，您尝尝森嘉老店的汤豆腐③吧。我给您买来了。"

"唔，好极了……有森嘉的汤豆腐可吃，当然高兴，可是千重子来了，我更高兴。索性待到傍晚再回去吧，让爸爸脑子也休息

---

① 一种染有花鸟、山水等花样的绸子。友禅染是日本特有的一种染色技巧，注重写实，由京都的宫崎友禅首创。

② 第二次世界大战之后。

③ 豆腐火锅。用海带汤煮豆腐，蘸着酱油、葱等食用。

休息,说不定倒能想出好的图案来……"

当绸缎批发商本无须设计图案,再说,这样也耽误做生意。

可是,太吉郎的店里,面向竖着基督雕像灯笼的院子,靠近客厅的后窗下,摆了一张桌子,有时太吉郎在那儿一坐就是半天。桌子后面,两只古色古香的桐木衣柜里,放着中国和日本的古代衣料;衣柜旁边的书箱里,塞满了各国的纺织品图录。

后院的厢房当仓库用,二楼上存放了相当多的能乐①戏装和武士家妇女穿的礼服,保管得还很完好。南洋各国的印花布也不在少数。

有些衣料是太吉郎的父亲甚至祖父收集来的,要是举办什么古代衣料展览,别人要太吉郎参展的话,他会毫不客气地拒绝说:"先祖立下的规矩,舍下的藏品概不出门。"话说得很生硬。

房子是京都那种老格局,去厕所要经过太吉郎桌旁那条狭窄的走廊。每当有人走过,他尽管皱皱眉头,也始终不说什么。一旦店堂那边人声嘈杂,他马上厉声喝道:

"不能静一点儿吗?"

于是掌柜进来,两手扶着席子说:

"是大阪来的客人。"

"他不买算了,批发店有的是嘛。"

"是从前的老主顾……"

"买衣料得凭眼力。光用嘴巴,岂不等于没长眼睛吗?行家一

---

① 日本中世艺能。演员和着笛、鼓等的伴奏,边唱谣曲边表演,多戴假面。

看就知道好坏。虽然咱们柜上便宜货很多。"

"是。"

从桌下到坐垫下，太吉郎铺了一条有点儿来历的外国毛毯。四周挂满南洋各国名贵的印花布幔帐。这还是千重子想的主意。挂上幔帐，多少可以挡一下铺子里嘈杂的声音。千重子常常换挂幔帐，每当更换之时，父亲心里深感女儿的体贴，同时解释说，这帐子是爪哇的咧，波斯的咧，某朝某代的咧，什么图案咧，等等。说得很详尽，可是有时千重子听了不甚了了。

"用来做手提袋，太可惜；做点茶用的小绸巾，又太大了。要是做腰带，倒可以裁成好几条。"有一次千重子打量着幔帐说。

"去拿把剪刀来。"太吉郎说。

父亲果然手巧，竟将印花布幔帐剪成了几幅。

"来，给你做腰带，不错吧？"

千重子一怔，眼睛都湿润了。

"爸爸，这是怎么说的！"

"很好，很好。千重子要是系上这条腰带，爸爸也许能想出个新图样来。"

千重子到嵯峨的尼庵来，系的就是这条腰带。

不用说，女儿系着这条印花布腰带，太吉郎一眼就看见了，但却装作视而不见。父亲寻思，就印花布的图案来说，一朵朵大花很漂亮，颜色也浓淡有致。但给正值青春的女儿做腰带用，究竟好不好呢？

千重子把半月形的食盒放在父亲面前说：

"这就吃吗？那您等等，我先把汤豆腐预备好。"

"……"

千重子趁站起来的当口，回头瞥了一眼门外的竹林。

"已是竹叶枯黄的三月天了。"父亲说，"土墙也倒的倒塌的塌，光秃秃的，就跟我这个人似的。"

千重子听惯了父亲这种话，也不去安慰他，只是重复了一句："竹叶枯黄的三月天……"

"来的路上樱花怎么样了？"父亲轻声问道。

"也落英缤纷了，有的花瓣漂在池子里。山上的绿树中间，还有一两棵没有凋谢，一路上走来，远看反而更美。"

"嗯。"

千重子走进里屋，太吉郎听见她切葱、削木鱼①，然后千重子端着煮豆腐的家什"樽源"②进来——都是从家里带来的餐具。

她悉心侍候着。

"你也来尝尝，怎么样？"

"哎，好的……"千重子答应着。

父亲打量着女儿，从肩头看到身上，说道：

"太素了。你净穿我设计的和服了。也许只有千重子一个人才肯穿，穿这些店里卖不掉的东西……"

"我喜欢，您就让我穿好了。"

"实在太素了。"

---

① 一种鲣鱼干。削下的木鱼花在日本料理中是常见的调味品。
② 木桶状容器。

"素倒是素……"

"年轻姑娘穿素点儿倒也不坏。"父亲的口气忽然严正起来。

"看见我这么穿,人家都夸说好看呢。"

父亲默不作声。

设计图案,现在成了太吉郎的兴趣爱好之所在。尽管是批发店,现在也搞些零售,太吉郎画的花样,掌柜还是看老板的面子,才印上两三块。其中一块,一向是千重子主动做来穿的。料子倒很考究。

"不要净穿我设计的,"太吉郎说,"也别净穿店里的……不必顾这个情面。"

"情面?"千重子一怔,"我可不是为了顾什么情面。"

"千重子要是穿着漂亮起来,那准是有了意中人了。"父亲高声笑道,脸上却没什么表情。

千重子侍候父亲吃汤豆腐时,自然会看见父亲的大桌子。桌上,供印染用的画稿之类一件都没有。

桌子的一角,只摆着江户①产的描金②文房四宝盒,和两本高野断简③临摹本。

千重子寻思,父亲住到尼庵里来,难道是为了忘记店里的生意吗?

---

① 东京的旧名。
② 泥金画。日本漆器工艺装饰技法之一。用漆画好图案后,再把金、银、锡等的颗粒及色粉涂在上面。
③ 指藏于日本高野山金刚峰寺的《古今和歌集》抄本残片。

"我算是活到老学到老了。"太吉郎自我嘲般说道,"不过,藤原的假名①,线条流利,用于画花样并非无益。"

"……"

"说来可叹,手开始发抖了。"

"要是写大一点儿呢?"

"是写得挺大的……"

"文具盒上的那串旧念珠,是哪儿来的?"

"哦,那个吗?我无意中和庵主提了一句,便送给我了。"

"爸爸戴上可以拜佛了。"

"用现在的话来说,可算是 mascot② 了,有时真恨不得把珠子放嘴里咬碎。"

"哟,那多脏呀。长年的手垢,还不脏吗?"

"脏什么!传了两三代尼姑,一片虔诚,哪里会脏。"

千重子觉得触到了父亲的隐痛,便默不作声,低头收拾吃汤豆腐的家什,端到厨房去。

"庵主呢?"千重子从里屋出来问。

"已经回来了吧。你打算做什么呢?"

"想去嵯峨走走。这个季节,岚山人太多。我喜欢野野宫、二尊院的幽径,还有仇野这些地方。"

"你年纪轻轻,就喜欢这等地方,日后真叫人不放心。千万别像我似的。"

---

① 日文的表音字母。

② 吉祥物。

"女人跟男人能一样吗？"

父亲站在廊檐下，目送千重子出去。

不久，老尼姑回来了，随即动手打扫院子。

太吉郎坐在桌前，脑海里浮现出宗达和光琳①两位画家画的蕨菜和春天的花草，心里想着刚走的千重子。

一走上乡间小路，父亲遁迹的尼庵便完全给遮蔽在竹林里了。

千重子打算去仇野的念佛寺，便登上古旧的石头台阶，一口气走到左面悬崖上的那两尊石佛前。听到上面人声嘈杂，她便收住脚步。

几百座倾圮的石冢，通称无缘佛②。这段时间，这里常举行摄影会之类，让一些遍体轻罗薄纱、奇装异服的女人，站在这些低矮的石冢之间拍照。想必今天又在弄这些名堂？

千重子便在石佛这里转身下了石阶，想起方才父亲的一席话。

即使为了规避岚山的春游客，跑到仇野和野野宫这种地方来，确也不像年轻姑娘的做法。这比穿父亲设计的素色和服更加过分……

"爸爸在尼庵里似乎什么也没做。"千重子心里感到一阵凄凉，"他嘴里咬着有手垢的旧念珠，心里在想什么呢？"

---

① 即俵屋宗达和尾形光琳。俵屋宗达为日本江户初期画家，以独特的构图和技法确立日本近世装饰画的新样式，代表作有《风神雷神图屏风》《莲池水禽图》等。尾形光琳为日本江户中期画家，对大和绘进行革新，形成鲜艳华丽的装饰画风，世称琳派。代表作有《红白梅图屏风》《燕子花图屏风》等。

② 死后无人祭祀的荒冢。

千重子知道父亲有时恨不得把念珠咬碎的心情，以前在店里他是强压着的。

"还不如咬自己的手指呢……"千重子喃喃说道，摇了摇头，想把心思转到和母亲一起到念佛寺撞钟的往事。

那口钟是新铸的。母亲身材矮小，怎么撞也不大响。

"妈，您先吸口气。"说着千重子把手掌和母亲的合起来，与她一起敲钟，钟声轰鸣。

"真的。能响多久呢？"母亲高兴地说。

"您瞧，和尚敲惯了，同他们不一样吧？"千重子笑着说。

千重子心里一面想着这些往事，一面从小路朝野野宫方向走去。这条小路，不久前竖了块牌子，上写"通向竹林深处"。原先颇为幽阴僻静，现在也豁亮起来了。宫门前的小卖店里，人声喧哗。

但是，野野宫依旧不改其简朴幽静。《源氏物语》[①]一书里也写到，官居伊势神宫[②]的斋宫内亲王，以清净无垢之身，在此斋戒三年，所以，这儿是神宫古迹。鸟居是用带树皮的黑木做的，篱笆低矮，野野宫即以此而知名。

从野野宫往前走，出了荒村野径，地势豁然平阔，便到了岚山一带。

在渡月桥前，松荫夹岸，千重子乘上公共汽车。

---

① 日本女作家紫式部创作的长篇小说，约于11世纪初成书，是日本最早的长篇小说。全书以宫廷为背景，描写了主人公光源氏荣华与苦闷的一生。

② 位于日本三重县伊势市，为日本皇室的宗庙。

"爸爸的事，回去怎么说好呢……虽然妈心里透亮……"

明治维新①前，京都市中心的市房，在一七八八年和一八六四年那两次大火中，被烧掉了许多。太吉郎家的店房也未能幸免。

所以，尽管这一带的店铺还保留格子门和二楼小木格窗这些京都古风，实际上历史都还不到一百年。太吉郎家后面的仓库，据说未遭大火……

太吉郎家的铺面，格局至今原封未动，没去赶时髦，这或许同主人的性格有关，但也可能是批发生意不大兴隆的缘故。

千重子回来，打开格子门，里面便一览无余。

母亲繁子正坐在父亲一向坐的那张书桌前抽烟。左手支颔，微弯着背，仿佛在看书写字，可是桌子上什么也没有。

"我回来了。"千重子走到母亲身旁说。

"噢，你回来了。累了吧？"母亲蓦然一惊，回过神来，说道，"你爸他好吗？"

"嗯。"千重子没想好怎样回答，"我给他买了豆腐。"

"是森嘉的吗？你爸该高兴了吧？做汤豆腐了？"

千重子点了点头。

"岚山怎么样？"母亲问。

"人多极了……"

"没叫你爸陪你去岚山吗？"

---

① 日本的政治变革。从19世纪后半叶江户时代幕藩体制崩溃开始，到明治新政府建立近代统一国家为止。是近代日本的开端。

"没有。那会儿庵主不在家……"

隔了一会儿,千重子才回答说:

"爸爸好像在练毛笔字。"

"练字?"母亲并未显得意外,"练字可以修养身心。我也想练呢。"

千重子望着母亲白皙端正的面孔,看不出她内心有什么波动。

"千重子。"母亲平静地叫她,"千重子,你要是不愿继承这份家业也成……"

"……"

"想嫁人就嫁人。"

"……"

"你听见没有?"

"您干吗说这些呀?"

"三言两语也说不清,反正妈也过五十了,想到了,便跟你说说。"

"咱们要是把铺子索性关了呢?"千重子俊美的眼睛噙满了泪水。

"你一下子想到哪儿去了……"母亲微微一笑。

"千重子,你说把生意歇了,心里真这么想吗?"

母亲声调不高,但神情严肃起来。千重子刚才看到母亲微微一笑,难道看错了?

"真是这么想的。"千重子回答,心中觉得一阵酸楚。

"又没生气,别那么哭丧着脸。你说这话的年轻人,和我听这话的上年岁的人,两人之间,真不知究竟谁该伤心。"

"妈,您原谅我吧。"

"什么原谅不原谅的……"这回母亲真的微笑了,"妈方才和你说的,也不大合适……"

"我懵懵懂懂的,自己也不知说了些什么。"

"做人——女人也一样,说话不能见风转舵。"

"妈。"

"在嵯峨跟你爸也说这些了吗?"

"没有,跟爸爸什么都没说……"

"是吗?跟你爸可以说说。你就跟他说吧……他一个男人家,听了面子上要发火,可心里准高兴。"母亲支着前额又说,"我坐在你爸这张桌子跟前,就是在想他的事来着。"

"妈,那您全知道?"

"什么?"

母女两人沉默了好一会儿,千重子忍不住问:

"该准备晚饭了,我到锦家菜场去看看,买些菜吧?"

"那敢情好,你就去一趟吧。"

千重子站起身,朝店堂走去,下了地。这块泥地,本来又窄又长,直通到里面。朝店堂的一面墙边,安了几个黝黑的炉灶,那儿是厨房。

这些炉灶如今已经不用了,都改装成煤气灶,地上铺了地板。倘若像原先那样地上是灰泥地,四处通风,到了十冬腊月,京都的严寒会砭人肌骨,令人难耐。

不过,炉灶一般都没拆毁,很多人家还都留着。大概是因为信奉司火的灶王爷的人，相当普遍。炉灶的后面，人们往往供着镇火的神符，摆着七福神①之一——大肚布袋神。每年二月的头一个午日，去伏见的稻荷神社逛庙会时，人们总要请回一尊布袋神，直到请回七尊为止。逢到家有丧事，便又从第一尊起，重新再请全。

千重子家的店里七尊都供上了。因为全家只有父母和女儿三口人，最近十年八年里又没有死过人。

这排灶神的旁边，放着一只白瓷花瓶，隔上两三天，母亲便换一次水，把佛龛擦得干干净净。

千重子提着菜篮刚出门，前后只差一步路的工夫，见一个年轻男子走进自家的格子门。

"银行里来的人。"

对方似乎没看到千重子。

千重子觉得，这个年轻的银行职员常来，不必那么担心。但是，她的脚步却颇为沉重。她挨着店前的格子门，一边走，一边用指尖轻轻在木格上一格一格滑过去。

走到格子门尽头，千重子回头看了看店铺，再仰起头来望过去。

她看见二楼小格子窗前那块旧招牌。招牌上面有个小小的檐子，似乎是老字号的标志，也像是一种装饰。

春日和煦，斜阳射在招牌陈旧的金字上，有种凝重之感，显得很凄凉。门外挂的厚布招帘，也已经发白，露出了粗粗的线脚。

---

① 日本神话中主持人间福德的七位神。

"唉，即使是平安神宫里的红垂樱，以我这样的心情看去，恐怕也会是落寞萧索的吧。"千重子加快了脚步。

锦家菜场照例是熙熙攘攘。

回来时，快到店门前，看到卖花女站在那里，千重子先打招呼说：

"顺便到我家坐坐吧？"

"哦，谢谢您了。小姐，您回来了？真碰巧……"姑娘说，"您上哪儿去了？"

"去锦家菜场了。"

"那您辛苦了。"

"啊，供佛的花……"

"哦，每次都承您照顾……拣您中意的挑吧。"

说是花，其实是杨桐。说是杨桐，不过是些嫩叶。

每逢初一十五，卖花女总送些花来。

"今儿个小姐在，真是太好了。"卖花女说。

千重子挑有绿叶的嫩枝，感到满心欢喜。她手上拿着杨桐枝，进门便喊：

"妈，我回来了。"千重子的声音听着很开朗。

千重子又把格子门打开一半，朝街上望了望，见卖花女依旧站在那里，便招呼说：

"进来歇会儿再走，喝杯茶。"

"唉，那可谢谢了。您待人总这么和气……"姑娘点头答道，进了门，递上一束野花，"这点儿野花，也没什么好看……"

"谢谢,我就喜欢野花,难为你还记得……"千重子打量着山上采来的野花。

走进厨房,灶前有口古井,盖着竹编的盖子。千重子把花束和杨桐枝放在竹盖上。

"我去拿剪刀。对了,杨桐枝的叶子得洗净才行……"

"剪刀我这儿有。"卖花女说着拿剪刀空剪了几下,"府上的灶神总那么干净,我们卖花的可真得谢谢您。"

"是妈妈的习惯……"

"我以为是小姐您……"

"……"

"近来很多人家家里,灶神、花瓶和水井,都积满灰尘,脏得很。卖花的见了,心里总不好受。到了府上,就觉得宽心,挺高兴。"

"……"

然而,最要紧的,是生意日渐萧条,这情况自然不便跟卖花女说。母亲依然坐在父亲那张桌子前。

千重子把母亲喊到厨房,把买来的菜拿给她看。母亲看女儿从菜篮里把菜一样一样拿出来放好,心里一面思忖,这孩子也变得俭省起来了。也许是父亲住到嵯峨的尼庵里不在家的缘故……

"我也帮帮你吧。"说着母亲也留在厨房里,"方才来的,是平时那个卖花的吗?"

"是呀。"

"你送给爸爸的画册,在嵯峨的尼庵里吗?"母亲问。

"这我倒没留意……"

"爸爸只带你送他的那些书走的。"

那全是保罗·克利①、马蒂斯②、夏加尔③的画,还有当代的抽象画集。千重子想,这些画也许能唤起新的感受,便给父亲买了来。

"咱们这店,你爸什么都不画也不要紧。外面染织什么,我们就卖什么也行。可你爸他……"母亲说道。

"不过,千重子,你净穿花样全是你爸画的衣裳,妈得谢谢你呀。"母亲接着说。

"谢什么呀……我是喜欢才穿的。"

"你爸爸见女儿穿这衣裳,系这腰带,说不定心里会难过。"

"妈,衣裳虽然素一点儿,但细看之下,就会觉得趣味高雅,还有人夸奖哩……"

千重子想起,这话今天跟父亲也说过。

"女孩子长得俊,有时穿素倒更合适,不过……"母亲揭开锅盖,用筷子翻了翻菜,往下说道,"那种花哨的时兴花样,也不知怎的,你爸爸他现在竟画不出来了。"

"……"

---

① 保罗·克利(1879—1940):瑞士画家,画风抽象,在色彩、形式、空间方面创立了独特的表达方式。代表作有《亚热带风景》《老人像》等。

② 亨利·马蒂斯(1869—1954):法国画家,野兽派的代表人物。代表作有《生活的快乐》《开着的窗户》《戴帽的妇人》等。

③ 马克·夏加尔(1887—1985):法国画家,超现实主义先驱,画风富于幻想,色彩绚丽。代表作有《我和村庄》《窗外维特巴斯克的景象》等。

"不过，从前他画的花样倒挺鲜艳、挺别致的……"

千重子点了点头，然后问：

"妈怎么不穿爸爸画的和服？"

"妈已经上了年纪……"

"上年纪，上年纪，您才多大岁数呀！"

"是上了年纪了……"母亲只说了这么一句。

"那位小宫先生，好像是叫人才国宝吧，他画的江户小碎花，年轻人穿着倒挺相称，蛮醒目的。过路人都要回头去瞧瞧。"

"小宫先生本事多大呀，你爸哪能跟人家比。"

"爸爸的精神气质……"

"越说越玄了。"母亲白皙而具有京都风韵的脸为之一动，"不过，千重子，你爸也说过，他要设计一件又鲜艳又华丽的和服，给你结婚时穿……妈早就盼着那一天呢……"

"我的婚事？"

千重子神色有些黯然，沉默了半晌。

"妈，您这一生里，什么事最叫您神魂颠倒？"

"以前也许告诉过你，就是跟你爸结婚的时候，还有同他一起把你偷回来那次，当时你还是个可爱的小宝宝。也就是偷了你，乘车逃回家那会儿。虽然已经时隔二十年，可是至今想起来，心里还怦怦直跳。千重子，你摸摸妈的心口看。"

"妈，我是被人家抛弃的孩子吧？"

"不是，不是。"母亲用力摇着头说。

"人一辈子里不免会做上一两件坏事。"母亲接着说道，"偷小孩，比偷钱、偷什么都罪孽深重。说不定比杀人还坏。"

"……"

"你的生身父母准会伤心得发疯。一想到这儿，我恨不得马上把你送回去。可是，送也送不回去了。即便你想找自己的父母，现在也没法子了……真要那样，说不定我这个母亲会死的。"

"妈，您别说这些了……千重子的母亲，只有您一个，我从小到大，心里一直这么想的……"

"我知道。可是这就越发加重我们的罪孽了……我和你爸两个，早打算好了，准备下地狱。下地狱算什么，怎能抵得上眼前这么可爱的女儿。"

母亲情辞激切，一看已是泪流满面。千重子也泪眼模糊地说：

"妈，告诉我真话。我是弃儿吧？"

"不是，我说过不是嘛……"母亲又摇了摇头，"你为什么总以为自己是弃儿呢？"

"爸和妈两人会偷孩子，我想不通。"

"方才我不是说过吗，人一辈子里难免会神魂颠倒，干上一两件坏事的。"

"那您是在哪儿捡到我的？"

"晚上在祇园的樱花下面。"母亲一口气往下说，"原先也许告诉过你。樱花树下的凳子上，躺着一个可爱的小宝宝，看见我们两人走来，便笑得像朵花儿似的。我禁不住抱了起来，心里猛然揪紧，简直受不住了。我贴着她的小脸蛋，看了你爸爸一眼。他说，繁子，把这孩子偷走吧。我一愣。他又说，繁子，逃吧，赶紧走。后来就糊里糊涂抱着走了。记得我们是在卖山药烧鳗鱼的平野居那儿乘的车……"

"……"

"婴儿的妈大概刚走开,我就趁了这工夫把你抱走的。"

母亲的话未必不合情理。

"这也是命……打那之后,千重子就成了我们的孩子了,到现在也有二十个年头了。对你说来,不知算是好事还是坏事。即便是好事,我良心上也过不去,总在恳求你原谅。你爸也准是这样想的。"

"是好事,妈,我认为是好事。"千重子双手捂着眼睛。

捡来的孩子也罢,偷来的孩子也罢,在户籍上千重子的的确确是佐田家的嫡亲女儿。

第一次听到父母告诉她,说她不是他们的亲生女儿,千重子丝毫也不当真。那时千重子正在念中学,甚至怀疑自己有什么地方不讨父母喜欢,他们才故意这么说的。

恐怕是父母担心邻居会把这事传给千重子听,便先说在前头?要不然是看到千重子孝顺懂事的缘故?

千重子当时的确吃了一惊,但并没怎么伤心。即或后来到了青春期,也没有为这事增添烦恼,对太吉郎和繁子依然孝顺,照旧亲近。这并非她故作洒脱才这样的,或许是天性使然吧。

但是,既然千重子不是他们的亲生女儿,那么,她的生身父母总该在一个地方吧。说不定自己还有兄弟姐妹。

"倒不是想见他们,说不定……"千重子寻思,"生活会比这儿苦……"

究竟如何，千重子当然不得而知。倒是身居这格子门后的深宅大院，父母的隐忧反而更让千重子揪心。

在厨房里，千重子捂住眼睛也是因为这个。

"千重子！"母亲扳着女儿的肩头，摇了摇说，"从前的事就别再打听了。人生在世，不知何时何地，说不定会落下一颗珍珠宝贝来。"

"要说珍珠，真是颗大珍珠，要能给妈打个大戒指多好……"说着，千重子又麻利地做起活来。

晚饭后归置好，母女两人上了后楼。

临街有小格子窗的楼上，天花板很低，房间比较简陋，伙计们睡在那里。中间天井旁边有一条廊子直通后楼，从前面店堂里也可走过来。对于来的大主顾，多半在后楼设宴款待或留宿。一般的主顾，如今则在朝天井的客厅里洽谈生意。客厅与店堂相连，一直通到里面。客厅里，两侧的架上堆满了绸缎。开间又深又阔，便于摊开衣料仔细打量。屋里常年铺着藤席。

后楼的天花板较高，有两间六张榻榻米[①]大的房间，做父母和千重子的起居室及卧室。千重子坐在镜台前解开头发，把娟秀的长发梳理得齐齐整整的。

"妈！"千重子隔着纸拉门喊母亲，声音里透着复杂的感情。

[①] 日本房间常以能铺多少张榻榻米来计算面积，一张榻榻米的长约1.8米，宽约0.9米。

和服街

京都作为一个大都会,可谓树木青翠,秀色可餐。

且不说修学院离宫①和皇宫内的松林、古寺庭园里的树木,即便是在市内的木屋街和高濑川畔,以及五条和堀川等地的垂柳,游人也会立即被吸引住的。那是真正的垂柳。绿枝低垂,几欲拂地,十分娇柔。北山圆坨坨的,连绵起伏,山上的红松也都郁郁葱葱。

尤其眼下时值春天,东山上的嫩叶青翠欲滴。晴空朗日,望得见睿山上的新叶,绿意油油。

树青叶绿,大概是因为城市清洁,而城市清洁,想必是打扫彻底的缘故。走入祇园深处的小巷,尽管房舍低矮,古旧阴暗,道路却干干净净。

专做和服的西阵那一带也如此。小商店鳞次栉比,看起来很寒酸,路面倒也不脏。门窗上的格子很小,没有什么灰尘。植物园里也是这样,地上没有果皮和纸屑。

过去美军在植物园盖了房屋,当然不准日本人入内,军队一

---

① 日本最大的庭园建筑群,后水尾上皇的山庄,位于京都市左京区比睿山山麓。于日本万治二年(1695)左右建成,分上、中、下三个茶室,各有独立的庭园。

撤出，便又恢复了原样。①

植物园里有条林荫路，西阵的大友宗助很喜欢。路两旁全是樟树。樟树不大，路也不长，他过去常在这条路上散步。尤其在樟树抽芽的时节……

"那些樟树不知长得怎么样了。"听着织机的轧轧声，大友宗助心里有时这么想。占领军未必会砍掉它们吧？

宗助一直盼望着植物园重新开放。

出了植物园，再到鸭川的堤岸上走走——这是宗助散步时惯走的路，有时也去眺望北山的风光。大抵都是他独自一个人去。

到植物园和鸭川走一圈，宗助至多用上一个小时。这样的散步真叫他怀念。此刻，他正这么思量着，妻子喊道："佐田先生来电话了，好像是从嵯峨打来的。"

"佐田先生？从嵯峨打来的？"宗助朝账房走去。

织锦匠大友宗助和批发商佐田太吉郎两人——宗助小佐田四五岁——除了生意上的交谊外，彼此性情颇为相投。年轻时，他们就是"老交情"了。可是近来，多少有些疏远。

"我是大友，好久不见了……"宗助接电话说。

"啊，大友先生！"太吉郎的声音少有地透着兴奋。

"你上嵯峨了？"宗助问。

"一个人悄悄躲在嵯峨一座冷清的尼姑庵里。"

---

① 第二次世界大战后，美军进驻战败国日本，使日本在方方面面都受到了冲击和影响。

"那太令人不解了。"宗助的措辞显出客套,"尼姑庵也有各种各样的呢……"

"哪里,这儿是真正的尼姑庵……只有一个上了年纪的庵主……"

"那好哇。只有一个庵主,你就可以和年轻姑娘……"

"别信口雌黄。"太吉郎笑着说,"今天有件事想求你。"

"唔,唔。"

"我马上到府上来,你看方便不方便?"

"方便,方便。"宗助有点儿疑惑,"我这儿走不开。机器声,想来你电话里也听得见。"

"不错,是机器声。叫人怪想念的。"

"瞧你说的。机器要是停掉,那我怎么办呢?同你到尼庵觅静,可大不一样呀。"

不到半小时,佐田太吉郎便乘车到了宗助的店里。他目光熠熠,赶紧解开包袱。

"这个想拜托你一下……"太吉郎说着,打开画好的图样。

"唔?"宗助望着太吉郎说,"是腰带呀。这对你来说,真够新颖华丽的了。哼,是给藏在尼庵里的人儿的吧……"

"又来了……"太吉郎笑着说,"是给女儿的。"

"哼,织出来,要不叫令爱大吃一惊才怪。首先,她肯系这条带子吗?"

"其实是千重子送了我两三本克利的大画册。"

"什么克利、克利的……"

"是个画家,听说是什么抽象派的先驱。都说他的画典雅,格调高，带种梦幻色彩。与我这个日本老人的心境倒很相通。在尼庵里，我一再揣摩，结果设想出这么个图案来。恐怕完全脱离了日本古代衣料设计的路子。"

"恐怕是这么回事。"

"不知织出来是什么样子。想麻烦你给织一下。"太吉郎依然兴冲冲地说。

太吉郎的图样，宗助看了一会儿说：

"嗯，不错，色彩也很调和……很好。这么新颖的图案，你还从来没设计过。不过，色调雅致了一点儿。织起来怕不容易。让我用心织织看吧。也许能表现出令爱的孝心和父母的慈爱。"

"承你夸奖……近来有的人一谈起来，便是什么 idea[①] 啦，sense[②] 的，甚至连色彩都要用西洋流行的叫法。"

"那并不见得高明。"

"我顶讨厌话里夹洋文。我们日本，远从贵族王朝时代起，谈到色彩，就有说不出的优雅。"

"正是，光是黑色一词，就有种种说法……"宗助点头赞同着说，"虽然如此，今天我还想过，我们腰带纺织业中，也有像伊豆藏店那样的……盖起四层洋楼，俨然是现代工业了。西阵这一带迟早也会变成那个样子。一天能织五百条带子之多，不久连伙计也要参加经营，听说平均年龄才二十几岁。像我们这种手工业家

---

① 想法，创意。

② 感觉，灵感。

庭作坊，过个二三十年，还不给淘汰殆尽？"

"胡说些什么……"

"即使能苟延残喘，唉，也够不上'国宝'"。

"……"

"像你，还能揣摩克利什么的。"

"他叫保罗·克利。我躲在尼庵里日思夜想，也有十天半月了。这带子的花样和颜色，依你看，不大和谐吧？"

"哪里，很和谐。而且，也不乏日本的风雅。"宗助忙说道，"不愧是佐田先生的手笔。就交给我吧，织出一条漂亮的腰带来。尽快做出版样，再好好织。对了，与其我织，是不是叫秀男来织更好？他是我大儿子，你见过吧？"

"见过。"

"秀男的手艺比我强……"宗助说。

"行啊，你看着办吧。我们虽然是批发店，大多是拿到地方上去。"

"看你说的。"

"这条带子不是夏天用的，是秋季用品。希望能早些织好。"

"嗯，这我有数。配这条带子的和服呢？"

"我先只考虑带子……"

"你们是批发店，尽可拣好的挑……反正这好办，不过，你这是不是给令爱置办嫁妆啦？"

"哪里，哪里。"好像说自己似的，太吉郎脸红了。

都说西阵的手工纺织，难得三代相传。因为手工纺织，属于工艺一类。父辈是出色的匠人，手艺高超，未必能传给儿子。即或儿子既不偷懒，又肯下功夫，父亲的手艺也不见得能学到手。

但也有这种情形：孩子到了四五岁，就先叫他学纺线；到了十一二岁，学织机；不久，便可租机子代客加工。所以，子女多，反而能帮大人兴家立业。有的上六七十岁的老婆婆，还能在家纺线。有些人家，祖母和孙女常相对纺线。

大友宗助家里，他的妻子便一个人在缠织带用的线，低头一直坐在那里，沉默寡言，长得比实际年纪显老。

他们有三个儿子，都在织机上织腰带。家里拥有三台织机算是上好的了，有的人家只有一台，更有租别人的。

长子秀男的手艺，正如宗助所说，比老子强，在同行和批发商中间，还小有名气。

"秀男，秀男！"宗助喊了两声，秀男似乎没听见。和机械织机不同，这三台手工机器是木造的，噪音倒不厉害，而宗助的喊声又很响，可是，秀男的织机最靠院子，他正在织一条难织的双层腰带，大概太专心了，没有听见父亲的喊声。

"老婆子，你叫秀男过来一下。"宗助对妻子说。

"哎。"妻子掸了掸腿，下了地。一边用拳头捶腰，一边朝秀男的织机走去。

秀男停下机杼，望了过来，没有马上站起来。也许是累了，也许是知道有客人，不便伸懒腰。他擦了擦脸上的汗水，走了过来。

"您来了，这地方很脏。"他沉着脸同太吉郎打招呼。工作的劳累，已经在他脸上和身上显了出来。

"佐田先生画了一幅腰带的花样，让咱们给织一下。"父亲说。

"是吗？"秀男依旧无精打采的样子。

"这条带子可要紧着哪，与其我动手，不如你来织的好。"

"是千重子小姐的带子吧？"秀男这才抬起白皙的面孔，看了佐田一眼。

身为京都人，见儿子这么冷淡，父亲宗助不得不打圆场说：

"秀男从一清早干到现在，累了……"

"……"秀男依然没作声。

"要不那么专心，干不好活……"倒是太吉郎来安慰他。

"虽然织的是蹩脚的双层腰带，脑子却还得琢磨着，请原谅。"秀男说着，点了点头。

"没什么。手艺人嘛，不这样不行。"太吉郎点了两下头。

"尽管东西本身不怎么样，人家可认定是我们织的，就更叫人劳心。"说着，秀男又低下头去。

"秀男！"父亲的声音变了，"佐田先生的话，和别人的可不一样。这是佐田先生躲进嵯峨的尼庵里画出来的花样，不是为了卖钱的。"

"是吗？哦，在嵯峨的尼庵里……"

"你先看看吧。"

"唔。"

秀男语言之间，气势压人，太吉郎走进大友店的那股劲头，已不复存在。他把花样摊给秀男看。

"……"

"你看行吗？"太吉郎怯生生地问。

"……"秀男默默地看着。

"不行吧？"

"……"

"秀男！"见儿子死不开腔，宗助不得不发话道，"你倒是说话呀！这太没礼貌了。"

"是。"秀男仍没抬起头来，"因为我也是手艺人，所以佐田先生的图案才叫我看的。这毕竟不比平常的活儿，是千重子小姐的腰带吧？"

"不错。"父亲点头应道，觉得秀男有点儿反常，感到奇怪。

"是不是不行？"太吉郎又叮问一句，语气有点儿急躁起来。

"挺好。"秀男平静地说，"我没说不行。"

"嘴上没说，你心里……你眼睛在说。"

"是吗？"

"什么话！"太吉郎跳起来，打了他一嘴巴。秀男没有躲闪。

"您尽管打好了，我可压根儿没认为图案不好。"

秀男的面颊也许是因为挨了打，反显得容光焕发的。

秀男挨打之后，双手扶在席上道歉。也没去摸摸发红的半张脸。

"佐田先生，请您原谅。"

"……"

"虽然惹您生气，这条带子还是让我来织吧。"

"唔？本来就是求你们才来的。"

太吉郎竭力使心情平静下来。"我还得请你原谅。上了年纪，这样真是不像话。打人打得手生痛……"

"把我的手借给你打就好了。织工的手皮厚。"

45

两人笑了。

但太吉郎心里仍存着一丝芥蒂。

"不记得有多少年没动手打人了……这回，只要你能原谅，就算了。只是我想问问，你看见我这条带子的图案时，脸上的表情很是古怪，究竟是什么原因？老实告诉我行吗？"

"哦，"秀男的脸色又一沉，"我年纪太轻，只是个手艺人，说不大清楚。您不是说，这是在嵯峨的尼庵里画的吗？"

"不错。今天我还得回尼庵去。说来刚半个月光景……"

"不要去了，"秀男坚执地说，"您搬回家吧。"

"在家里心静不下来。"

"就拿这条带子说吧，华丽，鲜艳，十分新颖。我感到惊奇，心想，佐田先生究竟是怎么画出来的？于是，再仔细一瞧……"

"……"

"猛一眼看上去，觉得很精彩，但是缺少内在的和谐，不够柔和，略显火爆，带点儿病态……"

太吉郎脸色发白，嘴唇哆嗦着，说不出话来。

"当然，不论尼庵有多荒凉，总不至于有狐狸、黄鼠狼什么的，附在佐田先生身上……"

"唔。"太吉郎把画稿拉到自己跟前，凝神审视着。

"嗯……说得有道理。年纪不大，倒很有见地。谢谢你……我再仔细琢磨琢磨，重画一张试试。"太吉郎连忙卷起画稿，揣进怀里。

"不用重画，这样就很好，织出来效果会不同的。再说画笔和丝线的颜色也……"

"多谢多谢。秀男,这张图样,你难道能织成暖色的,用以表示对我女儿的爱吗?"太吉郎慌慌张张说完,便告辞走出大门。

门口便是一条小溪,地道的京都式的小溪,岸边的草也古风依然,蘸着水面。溪边的白墙大概是大友家的。

太吉郎在怀里把腰带的画稿揉成一团,掏出来扔进溪水里。

繁子突然接到丈夫从嵯峨打来的电话,要她带女儿去御室[①]赏花,一时竟不知所措。她从未和丈夫一起去赏过花。

"千重子!千重子!"繁子求救似的叫女儿,"你爸来的电话,快来接一下……"

千重子过来,搂着母亲的肩膀,接过听筒。

"好的,叫妈也来。您就在仁和寺前的茶馆等我们好了。好的,我们尽快赶去……"

千重子放下听筒,看着母亲笑道:

"不就是叫咱们赏花去嘛,妈,您可真是的。"

"何苦把我也叫去!"

"御室的樱花,这几天开得正盛……"

千重子催促三心二意的母亲,二人一起走出店门。母亲仍然满腹狐疑。

城里的樱花,数御室的有明樱和八重樱开得迟。算是同京都的樱花最后惜别吧。

一进仁和寺的山门,左手的樱花林(或叫樱花园)已是花开

---

① 位于京都市郊的宅邸,为观赏樱花的胜地,临仁和寺、妙心寺。

满枝,把枝条压得弯弯的。

然而,太吉郎却说:"哎呀,这可叫人受不了。"

樱花林中的路旁,摆着几张大桌子,饮酒的,唱歌的,吵吵嚷嚷,乱成一片。有的乡下老婆子高兴得手舞足蹈,男人们喝得酩酊大醉,鼾声如雷,有的甚至从椅子上滚落到地下。

"太煞风景了。"太吉郎不无惋惜地站在那里。三个人没有朝樱花林走去。说来,御室的樱花,他们早就看得很熟了。

丛林深处,在烧游客扔下的垃圾,烟雾升腾。

"咱们找个清静的地方,好吗,繁子?"太吉郎说。

临走的时候,樱花林对面高高的松树下的坐榻旁边,有六七个朝鲜妇女穿着朝鲜衣裙,敲着朝鲜长鼓,正翩翩起舞。倒是她们别具风韵。从绿松丛中望去,还可见山樱一角。

千重子停住脚步,看着朝鲜舞说:

"爸爸,还是地方清静些好,植物园怎么样?"

"哦,也许好些。御室的樱花看上一眼,也就算送走了春光。"太吉郎一家出了山门,乘上汽车。

植物园在今年四月份重新开放。京都站前,新辟一条开往植物园去的电车线路,车进车出,往来不断。

"要是植物园的人也多,就到加茂川边走走吧。"太吉郎对繁子说。

汽车行驶在新绿覆盖的城内。比起新建的房屋来,古色古香的老房子屋顶上的嫩叶,就显得更加欣欣向荣。

植物园门前是条林荫路，朝前走去，土地平阔，豁然开朗。左手便是加茂川的堤岸。

繁子把门票塞到腰带里。一无遮蔽的景致，使人心胸为之廓然。住在批发店街，只望得见远山一角，更何况繁子难得走出店门外。

进了植物园，迎面便是喷水池，四周开满了郁金香。

"这儿的景色，跟京都的不一样。到底是美国人，在这儿盖上了房子。"繁子说。

"你瞧，那里面好像就是。"太吉郎附和着。

走近喷水池，春风微拂，水沫四溅。喷水池的左面，盖了一座很大的圆顶温室，全部是用钢筋和玻璃造的。三人没有进去，只隔着玻璃看了看里面的热带植物。他们逛了一小会儿。路的右侧，高大的雪松已经抽芽，底下的树枝铺展在地面之上。虽然是针叶树，可是那新芽娇柔嫩绿，叫人无从想象出"针"的样子来。雪松与落叶松不同，不是落叶植物，倘若也落叶的话，难道也会像梦幻一般发出新芽吗？

"我叫大友家的儿子奚落了一顿。"太吉郎没头没脑地说，"他手艺比他老子好，眼光很尖，一直能看到你心里。"

太吉郎自说自话，繁子和千重子不免有点儿莫名其妙。

"您见到秀男了？"千重子问。

"听说是个很不错的手艺人。"繁子只说了这么一句。平时太吉郎最不喜欢别人问这问那的。

朝喷水池右面走去，走到尽头，又向左拐，是像儿童游乐场的地方。只听见叽叽喳喳的声音，草地上堆了不少小衣物。

太吉郎一家三口顺着树荫向右拐。出乎意料地，竟走到郁金香花圃了。花开似锦，千重子简直惊喜得赞叹不已。大朵的鲜花，有红的，有黄的，有白的，还有像黑山茶一样的深紫色的，开满了一园。

"嗯，新和服上倒可用郁金香做花样，就是有点儿俗气……"太吉郎感叹地说。

雪松下部刚抽芽的枝丫铺展开来，倘若把那比作孔雀开屏的话，那么，五色斑斓、满目芳菲的郁金香又该作何比较呢？太吉郎凝视着这些花朵。经花色一衬映，天空为之增色，人心为之陶醉。

繁子离开丈夫几步，靠近女儿。千重子心里觉得好笑，脸上却没露出来。

"妈，白郁金香花圃前那些人，好像在相亲。"千重子低声对母亲说。

"嗯，可不是。"

"妈，别净瞧着人家。"女儿拉了拉母亲的袖子。

郁金香花圃前有个喷水池，池内养着鲤鱼。

太吉郎从椅上站起身来，走近郁金香花圃，细细观赏。他弯下腰，向花丛看去，然后走回母女两人身旁。

"西洋花虽然艳丽，看两眼也就够了。我看还是竹林那里好。"

繁子和千重子都站了起来。

郁金香花圃是块洼地，周围树木环抱。

"千重子，植物园的格局，像不像西洋庭园？"父亲问女儿道。

"这我也不大清楚,也许有点儿像。"千重子答道。接着又说:"为了妈妈,咱们再待会儿吧?"

太吉郎不得已又在花圃间徜徉,只听有人喊道:

"是佐田先生吧?……果然是佐田先生!"

"啊,大友先生,秀男也来啦?"太吉郎说,"想不到会在这里……"

"是呀,我就更想不到了……"宗助深深鞠了一躬。

"我喜欢这里的樟树林荫道,一直盼着园子能再开放。这些樟树,有五六十个年头了,我们刚从树荫下慢慢踱过来。"宗助又低头致意,"前些日子我儿子真是太失礼了……"

"年轻人嘛,没什么。"

"从嵯峨来的吗?"

"嗯,从嵯峨来的,不过繁子和千重子是从家里……"

宗助这才过去同繁子和千重子寒暄。

"秀男,这些郁金香你觉得怎么样?"太吉郎的问话带点儿生硬。

"花倒是生意盎然。"秀男唐突地答道。

"生意盎然?嗯,不错,生意盎然。不过,我看得有点儿发腻。花太密了……"太吉郎说着便转过身去。

花倒是生意盎然。寿命虽短,确实是生意盎然。而且来年还会含苞待放——正同自然界的万物一样,生机勃勃……

太吉郎觉得仿佛又挨了秀男的讥讽似的。

"我缺乏眼光。衣料上或带子上,我不喜欢画郁金香这类图案，但是，要是一个大画家来画，哪怕画的是郁金香，那幅画恐怕也会有了永恒的生命。"太吉郎仍看着一旁说，"古代的衣料，就是如此。没有比这座京城还古老的。它的美，是谁也造不出来的，唯有描摹而已。"

"……"

"就以活着的树而论，也没有比这座京城还古老的，你说是不是？"

"这种话题太深奥，我说不来。每天忙着织布，这类高深的事，没有想过。"秀男低了低头，"但是，假如说，千重子小姐站在中宫寺和广隆寺的弥勒佛前，真不知小姐有多美呢。"

"这话千重子要是听见了，该有多高兴。这么比，真是过奖了……可是秀男，我女儿很快就会变老太婆的。你看，人生好比白驹过隙。"太吉郎说。

"正因为如此，我才说郁金香一片生意盎然，"秀男加重语气说，"花期虽短，不是尽其全部生命在怒放吗？现在是正当其时。"

"这倒是的。"太吉郎转向秀男。

"我并不存奢望，妄想织出来的腰带子孙后代也会系。现在……我只求织好的腰带，别人能够称心，当成一件东西，系上一年半载。"

"好，有志气。"太吉郎点头说。

"有什么办法。我和龙村先生他们不一样。"

"……"

"我之所以说郁金香花一片生意盎然，也是出于这种心情。眼下虽在盛开，但有的恐怕也凋落两三片花瓣了。"

"不错。"

"谈到落花，要数樱花落英缤纷最有雅趣。郁金香就不知怎么样了。"

"花瓣凋零……"太吉郎说，"不过，郁金香太密了，我看得有些发腻。颜色也过于艳丽，缺少韵致……人老了。"

"走吧，"秀男催促太吉郎说，"送到店里来的郁金香纸样，没有一株是生意盎然的。看了这里的花，真一醒耳目。"

太吉郎一行五人，从低洼的郁金香花圃走上石梯。

石梯的一侧，栽了一排雾岛杜鹃，与其说是一道篱笆，其实更像条长堤，花苞累累。虽然花期未到，细小茂密的嫩叶还是把盛开的郁金香衬映得格外娇艳。

上了石梯，右面一大片是牡丹园和芍药园，还没开花。也许是新种不久，这里的花圃不大为人所知。

东面，比睿山①在望。

植物园内，随处都能望见睿山、东山和北山。芍药园东面的睿山，像是就在正面。

"比睿山上也许云霞过于浓重，山显得很低。"宗助对太吉郎说。

"正因这春天的云霞，才显得春山柔媚……"太吉郎望了半晌说，"我说大友先生，看着那云霞，你有没有想到春光将逝？"

---

① 睿山的别称。位于京都府与滋贺县交界处。古来作为信仰之山闻名，有天台宗的总本山延历寺。

"是啊。"

"那么浓重，倒叫人……春光将逝矣。"

"可不，"宗助说，"快得很哩。我还没怎么赏过花呢。"

"也没什么稀罕的。"

两人默默走着。过了一会儿，太吉郎开口道：

"大友先生，咱们从你喜欢的那条樟树林荫路往回走吧？"

"哦，那敢情好。只要能在那条林荫路上走走，我就心满意足了。来的时候，就是打那里过来的……"宗助回头冲着千重子说，"小姐也随我们一道走走吧。"

樟树林荫路上，左右两侧，枝柯相交。树梢上的新叶，还很嫩，带点儿红，没有一丝风，有时却在轻轻摇摆。

五个人几乎谁都没有说话，在树荫下，慢慢走着，各想各的。秀男方才把奈良和京都最美的佛像同女儿比，说千重子更胜一筹，这几句话一直萦绕在太吉郎脑际。秀男对千重子，竟钟情到这般程度吗？

"可是……"

倘使千重子嫁给秀男，在大友的作坊里，哪儿是她的立足之地呢？难道像秀男娘，终日缠丝绕线不成？

太吉郎回头看了一眼，千重子只顾听秀男说话，不时地点头。

即使结婚，千重子未必非去大友家。把秀男招赘到家里又何尝不可呢。太吉郎心里这么思忖着。

千重子是独养女儿。嫁出去了，母亲繁子该多难过。

而秀男，是大友家的长子。虽说他父亲说秀男的手艺比自己还强，不过大友终究还有老二老三。

再说，佐田家的"太记"老店，尽管生意清淡，旧章未改，毕竟是京都市中心的批发商，终非只有三台手工织机的作坊可比。大友家没有一个雇工，只靠一家几口亲自劳作，也是明摆着的事。这从秀男娘朝子的身上，还有简陋的厨房，也能看得出来。秀男尽管是长子，只要能谈妥，不是照样可以做千重子的上门女婿吗？

"你们秀男很有志气。"太吉郎向宗助试探道，"年纪轻轻，却很老成持重。这是真话……"

"过奖了。"宗助无心地说，"干活固然肯用心出力，但一到人前，说话只会得罪人……真叫人担忧。"

"那很好嘛。从那次起，我总挨他的呲。"太吉郎乐呵呵地说。

"真得请你多包涵了。他就是那么个脾气。"宗助轻轻点了点头说，"娘老子的话，他要是听不进去，也是理都不理的。"

"那好哇。"太吉郎点头赞同，"今天你怎么只带秀男一个人出来？"

"要是把他弟弟也带来，机器不就该停了吗？再说他过于争强好胜，带他出来，在樟树林里走走，或许能陶冶一下性情，变得随和些……"

"这条林荫路真不错。说实话，大友先生，我带繁子和千重子来逛植物园，也是听了秀男的建议。"

"唔？"宗助狐疑地盯着太吉郎的面孔，"恐怕是你想看看令爱吧？"

"哪里哪里。"太吉郎慌忙否认。

宗助回头看去。秀男和千重子稍微落后几步，繁子又落在他们后面。

出了植物园大门，太吉郎向宗助提议：

"就坐我们这辆车回去吧，西阵离这里又近。这中间，我们要到加茂川河堤上走走，然后才用车……"

见宗助还在犹豫，秀男便说："那就承情了。"让父亲先上了车。

佐田一家站在路旁望着汽车，宗助在座位上欠一欠身子致意，秀男有没有点头也看不清。

"这孩子，真有意思。"太吉郎不由得想起打秀男耳光的事，忍着笑说，"千重子，你同秀男倒很谈得来。你一个年轻女孩儿，不好应付吧？"

千重子眉眼含羞地说："是在樟树林荫路上吧？我只是听他讲。也不知他怎么同我说那么多话，那么起劲……"

"啧，还不是因为喜欢你吗？这还不清楚？他说，中宫寺和广隆寺的弥勒，还没你好看呢……我听了也愣住了，这个怪小子，倒挺会说的。"

"……"千重子也吃了一惊，连脖子都红了。

"都说了些什么呢？"父亲问。

"说他们西阵手工机器的命运来着。"

"命运？咦？"

见父亲沉思起来，女儿便回答说：

"命运，这话说来深奥。唉，命运……"

走出植物园，右面是加茂川的河堤，松树夹道。太吉郎走在前面，从松树中间走下河畔。河畔是一长溜草地，绿草如茵。流水拍打着堤堰，水声骤然可闻。

草地上，有坐着吃饭盒的老人，也有双双散步的情侣。

对岸的公路下面，是一处游乐场。隔着稀疏的樱花树影，看得见中间是爱宕山，与西山一脉相连。河上游的北山，仿佛离得很近。这一带是风景区。

"坐一会儿吧？"繁子说。

从北大路桥下望出去，可以望见河畔草地上晾着一幅幅友禅绸。

"哦，春天了。"繁子朝四周打量了一下说。

"繁子，你看秀男人怎么样？"太吉郎问妻子。

"什么怎么样？"

"做咱们的女婿……"

"什么？怎么忽然提起这事来？"

"人很靠得住。"

"这倒是。可是，也得先问问千重子的意思。"

"先前千重子说过，要听从父母之命嘛。"太吉郎看着千重子，"对吧，千重子？"

"这种事可决不能勉强。"繁子看着千重子说。

千重子低着头，眼前浮现出水木真一的面影，是真一扮成童子的样子。那时，他还小，描着眉，涂着唇，化了妆，一身王朝时代的装束，乘在祇园会的彩车上。——当然，那时千重子也很小。

北山杉

远自平安王朝①起，在京都恐怕只要提起山，便是指比睿山，讲到祭日，便是指加茂的庙会。

五月十五的葵花祭②已经过去了。

一九五六年以后，葵花祭奉行的仪式中，在敕使的行列里，加进斋王③一行。斋王退居斋院之前，先要在加茂川净身，这是一种古老的典仪。斋王要穿十二件和服，乘牛车渡河。前有命妇，身着便服，坐在轿上；后随女官童女，杂以伶人奏乐。斋王不仅装束可观，年纪也与女大学生相仿，所以，看上去既风雅又透着华贵。

千重子的同学中，有个姑娘曾被选去扮斋王。千重子和同学们还赶到加茂川河堤上去看热闹。

京都有众多的古庙、神社，大大小小的庙会，几乎天天都有。翻翻祭典日历，五月里一桩接着一桩。

---

① 从公元794年桓武天皇奠都京都起，至1192年源赖朝建立镰仓幕府一揽大权止，史称平安时代，亦称王朝时代。

② 京都市上贺茂神社和下鸭神社两社举行的祭祀仪式，十分盛大，为平安时代最具代表性的祭祀活动。因牛车、神殿、冠等均用葵鬘装饰，故名。

③ 天皇即位之初，侍奉于伊势神宫或贺茂神社的未婚内亲王或女王。

祭神献茶，开茶会，野外点茶，总有地方会架上茶釜，简直多得转不过来。

今年五月，千重子连葵花祭也没去看。一来因为多雨，二来也许是小时候各处都被领去看过的缘故。

花固然喜欢，但看看嫩绿的新叶，千重子也是乐意的。高雄[①]一带枫树的嫩叶自不必说，若王子那里的，她也很喜欢。

别人从宇治寄来一些新茶，千重子沏好后说：

"妈，今年连采茶都忘了去看了。"

"恐怕还在采吧。"母亲说。

"也许。"

那时植物园的樟树刚刚发芽，美如花树，大概在那之后不久，千重子的朋友真砂子打来了电话。

"千重子，去不去高雄看嫩枫叶？"她约千重子说，"比看红叶时人少……"

"时令不晚吗？"

"那儿气候比城里冷，我想不会晚。"

"嗯——"千重子沉吟了一下，"当初看过平安神宫的樱花，再去看周山的樱花就好了。可惜压根儿给忘了。那棵古树……看樱花反正过时了，我倒很想去看北山杉，高雄离那儿不是挺近吗？看见又直又美的北山杉，我心里觉得格外痛快。顺道再去看杉树好吗？与其看枫叶，我宁愿看北山杉呢。"

---

① 位于京都市右京区梅畑，为红叶胜地。

既然到了这里，千重子和真砂子就还是决定到高雄的神护寺、槙尾的西明寺、栂尾的高山寺，观赏枫树的绿叶。

神护寺和高山寺都坐落在陡坡上。真砂子倒没什么，已经换了夏装，是一身轻便的西服裙，穿着平跟皮鞋。而千重子穿的是和服，真砂子怕她吃不消，便向她瞟了几眼。可是千重子毫不吃力的样子，竟问道：

"干吗老看着我呀？"

"真美呀。"

"真美呀。"千重子站住，俯视着清泷川说，"我还以为已经是郁郁葱葱的深绿色了呢。多凉快呀。"

"我方才……"真砂子忍住笑说，"千重子，我说的是你呀。"

"……"

"造物主怎么生下这么美的人儿呀。"

"别讨嫌。"

"一身淡雅的和服，站在万绿丛中，显得格外俏丽，要是穿着华丽，当然也一样漂亮。"

千重子穿了一件绛紫色的和服。腰带是父亲毫不吝惜剪下来的那条印花布。

千重子上了石头台阶。想起神护寺里有平重盛[①]和源赖朝[②]的画像。安德烈·马尔罗[③]认为可列为世界名画。平重盛那幅，面颊

---

① 平重盛（1138—1179）：日本平安时代末期的武将，平清盛的长子。
② 源赖朝（1147—1199）：日本镰仓幕府的建立者、第一代将军。
③ 安德烈·马尔罗（1901—1976）：法国小说家、评论家。

上隐约留下一点红。正想到这里，真砂子便跟她说起这话来。同样的话，真砂子以前也告诉过她几次。

在高山寺，千重子喜欢站在石水院宽阔的廊下，眺望对面的山色，也喜欢高山寺的开山祖师明惠上人在树上坐禅的那幅画。壁龛的侧面挂着轴画《鸟兽嬉戏图》的复制品。两人在廊下还受到清茶款待。

高山寺再往里，真砂子就没进去过了。一般游客大抵到此止步。

千重子想起那次随父亲上周山赏花，采了许多又粗又长的笔头菜回家。后来千重子每次到高雄，哪怕一个人也要顺路去一下遍植北山杉的村里——现在，那儿已经划入市区，叫北区中川北山町，大约有一百二三十户人家，其实叫作村倒更恰当。

"我走路走惯了，咱们走着去吧？"千重子说，"路又这么好。"

清泷川边，山势陡峭逼仄。不一会儿，美丽的杉林便已在望。杉树挺拔而齐整，一看便知是经过人工精心修剪的。北山圆杉木，是名贵木材，只有这个村子才出产。

也许是到了下午三点钟休息的时刻，再不然就是割草回来，一群女人从杉山上走下来。

真砂子呆呆地站着，一动不动，盯住其中一个姑娘。

"千重子，那个人真像你。简直跟你一模一样。"

那姑娘穿了件藏青碎白花的窄袖上衣，系着吊袖带子，下面是扎脚裤，围着围裙，手背上戴着护背套，头上包着手巾。围裙一直围到后腰，两边开衩；只有吊袖带子和扎脚裤下面露出的细带子是红颜色。装束与别的姑娘一般无异。

这些女孩子的打扮，和卖柴女或卖花女大致一样，只不过她们不是进城卖东西，而是在山里干活罢了。大概这也是日本妇女在田里和山间劳动时的穿着。

"真像。你不觉得奇怪吗？千重子，你仔细瞧瞧。"真砂子唠唠叨叨的。

"是吗？"千重子没怎么看，"你太冒失了。"

"不管我多冒失，可她人长得那么美……"

"美是美，不过……"

"就像是你的私生女一样。"

"你瞧，你多冒失呀！"

经千重子一说，真砂子自觉失言，说话太离谱，忙掩住笑声说："虽然人和人有长得像的，可你们俩简直像得吓人。"

那姑娘同女伴们，对千重子她们两人几乎没留意，便走了过去。她头上的手巾包得很严，前面的头发略能看到一些，把脸庞遮去了一半。哪能像真砂子说的，看得那么清楚，何况又不能对着脸看。

再说，这村子千重子来过几趟，看过男人家先把树皮剥个大概，再由妇女细心刮净；也看过她们用水和上菩提瀑布的沙子磨圆杉木的情景。她对这些姑娘的面孔，模模糊糊都有个印象，因为这项加工活全在道旁或屋外做。小小的山村，未必有太多的姑娘。当然，她也不可能把每个姑娘的面孔一一看得那么仔细。

真砂子只顾望着那群姑娘的背影，稍微平静了一些。

"多怪呀。"真砂子又说了一句，还侧着头重又端详了一会儿千重子的面孔。

"真的很像。"

"哪儿像？"千重子问。

"怎么说呢，也许是我的感觉？很难说究竟哪儿像。眉眼，鼻子……城里的小姐和山里的姑娘当然不能相提并论，你可别介意。"

"这有什么……"

"千重子，咱们跟着那姑娘，去她家看看好不好？"真砂子犹自恋恋不舍地说。

跟踪追迹，跑到那姑娘家去看个究竟，不论真砂子性情多么爽朗，这毕竟只是说说而已。不过，千重子放慢了脚步，走走停停，要么抬头望着山上的杉树，要么看看堆在各家门口的圆杉木。

白白的圆杉木，粗细一样，磨得光光溜溜，很好看。

"像工艺品吧？"千重子说，"盖茶室似乎也用这种木材，甚至还行销到东京和九州那边……"

圆杉木在屋檐下整整齐齐，竖成一排。二楼上也竖了一排。有个人家在二楼竖的圆杉木前晾着衣服，真砂子看了觉得很稀罕，便说：

"那家人竟住在木头堆里了。"

"你真是个冒失鬼呀，真砂子……"千重子笑着说，"挨着圆杉木旁边不就是座很像样的房子吗？"

"噢，二楼上是晾的衣服……"

"说那姑娘像我，也是你这张嘴巴。"

"那是两码事。"真砂子一本正经地说，"说她像你，你竟那么不自在？"

"一点儿也不……"千重子说着，眼前倏然现出那姑娘的眼睛。在她勤劳健美的身上，那一对漆黑、深邃的眼睛，显得沉郁而忧愁。

"这村里的女人家很能干。"千重子似乎要摆脱什么似的说道。

"女人和男人一样干活，有什么稀奇。乡下人嘛，都这样。卖菜的啦，卖鱼的啦，全如此……"真砂子轻松地说，"像你这样的千金小姐，才什么都大惊小怪的。"

"你才是呢。往后我也要去干活的。"

"哼，我可不愿做工。"真砂子老实承认说。

"要说做工，说说容易，我真想叫你看看村里姑娘是怎么干活的。"千重子又把目光移向山上的杉树，"大概已经开始剪枝了。"

"剪枝是怎么回事？"

"要叫树木长好，得把不需要的枝杈拿刀砍掉。有时爬梯子，但大都是像猴子似的，从这棵树悠到另一棵树……"

"那多危险！"

"有的人一清早爬上去，到吃午饭时也不下来……"

真砂子跟着抬头仰望山上的杉树。树干挺拔齐整，美到无可言喻。树梢上，一簇簇的叶子，仿佛是装饰在上面的工艺品。

山不高，也不太深。杉树齐刷刷挺立在山巅，几乎株株都看得很分明。这种杉树可以用来盖茶室，所以，林景好像也有一种茶室的风貌。

只有清泷川两岸，山势峭拔，形成一道窄长的峡谷。据说雨量多，日照少，宜于栽培这种杉树。当然，杉林也可以挡风。可是遇到狂风，幼树还不挺实，有的便会弯曲或变了形。

村落里，家家户户依山傍水，排成一行。

千重子和真砂子一直走到小村子的尽头，然后又踅了回来。

有户人家正在磨圆杉木。把浸在水里的杉木拿上来，女人家便用沙子细细研磨。沙子是红褐色的，看着就跟黏土差不多，听说是从菩提瀑布那里取来的。

"那种沙子，要是没有了，怎么办？"真砂子问。

"落了雨，会随瀑布冲下来，沉在河底。"一个上年纪的女人回答说。真砂子心想，她倒沉得住气。

正像千重子说的，女人家一个个都手脚不停地忙着。圆杉木有半尺多粗，想必是做柱子用的？

——据说磨好后，洗净，晾干，卷上纸，或裹上稻草，就可以运走了。

就连清泷川畔的河滩上，有的地方也栽上了杉树。

真砂子望着山上一片片的杉林，和竖在屋檐下一根根的圆杉木，不由得联想起京都旧家洁无纤尘的格子门。

村口正好有个国营公共汽车站，叫菩提道。再往上去，大概就有瀑布了。

两人在那里乘上回城的公共汽车。沉默了半晌，真砂子突兀地说：

"女孩子家要是也能长得像杉树那么挺拔该多好。"

"……"

"只不过我们得不到那样细心的照顾就是了。"

千重子笑着问道:

"真砂子,你跟他见面了?"

"嗯,见面了。坐在加茂川边的青草地上……"

"……"

"当时木屋町的凉台上顾客愈来愈多,已经点灯了。不过,我们是背朝着他们,所以凉台上的顾客认不出我们是谁。"

"今晚呢?"

"今晚约的是七点半。又是半明不暗的时分。"

真砂子交际上的这种自由,使千重子不胜艳羡。

千重子一家三口坐在朝天井的后客厅里吃晚饭。

"今儿个岛村先生送来不少竹叶鱼肉饭卷,是瓢正老铺的,我只烧了个汤,你将就些吧。"母亲对父亲说。

"是吗?"

父亲最喜欢吃加吉鱼做的竹叶饭卷。

"关键是掌勺人回来晚了……"母亲在说千重子,"她又去看北山杉了,跟真砂子一起去的……"

"嗯。"

伊万里①窑出品的碟子里,盛着竹叶鱼肉饭卷,剥开包成三角形的竹叶,可见米饭卷上有一片薄薄的加吉鱼片。汤里放了豆腐皮,还加了点儿香菇。

正像外面的格子门一样,太吉郎的铺子还保留京式批发老

---

① 日本九州北部城市,盛产瓷器。

店的旧规矩。不过现在也改成股份公司，掌柜和伙计都称为职员，大抵是早来晚走。只有从近江①来的两三个小伙计还住在临街有密格子窗的二楼上。所以，吃晚饭时，后屋很静。

"千重子，你爱上北山杉村里去，是不？"母亲问，"为什么？"

"那儿的杉树又直又好看，我想，人的心地要能长成那样该多好！"

"那，你不就是那样吗？"母亲说。

"不，我的心又别扭，又乖僻……"

"不错，"父亲插进来说，"不论多么直爽的人，也会有杂七杂八的念头。"

"……"

"那不是挺好吗？孩子长得像北山杉那样固然可爱，但往往不可得。即便有，说不定什么时候会遇上灾祸不幸。就说树吧，弯也好，曲也好，只要能长成大树就好，我是这么认为……你就看看咱们小院里的那棵老枫树吧。"

"对千重子这样好的孩子，还挑剔些什么！"母亲有些动气了。

"知道，知道。千重子是个正直的姑娘……"

千重子眼睛望着天井，沉默了一会儿说：

"要像那棵枫树一样坚韧，而我……"说着语带悲音，"就如同生在枫树干上坑洼里的紫花地丁那样。哎呀，紫花地丁不知什么时候已经谢了。"

"真的……到明年春天准还开。"母亲说。

---

① 日本旧地名，相当于今滋贺县。

千重子低着头，目光停在枫树旁那个基督像石灯上。靠屋里的灯光，那经受磨蚀的圣像已看不太清，好像在做祷告。

"妈，我到底生在哪儿的？"

母亲跟父亲面面相觑。

"在祇园的樱花树下。"太吉郎言之凿凿。

生在祇园夜晚的樱花树下，岂不像神话传说《竹取物语》[①]里的赫夜公主生在竹节里一样吗？

正因为如此，父亲才说得那么肯定。

千重子忽然想开个玩笑，既然自己生在花下，说不定也会像赫夜公主那样被接到月宫里去——可是，她嘴上没说出来。

捡来的也罢，偷来的也罢，千重子生在哪里，现在的父母是不会知道的。恐怕连千重子的生身父母在哪里，他们也不知道。

千重子后悔起来，觉得不该问这件事。但是，不道歉似乎更好些。既然如此，为什么会出其不意地发问呢？她自己也不明白。难道是模模糊糊想起真砂子说的，北山杉村里那个姑娘跟她长得一模一样的缘故？

千重子不知往哪里看好，便把目光停在大枫树的树梢上。莫非是月亮出来的缘故，抑或是街灯的辉映，夜空才微泛白光？

"夜空的颜色像地道的夏天了。"母亲繁子也抬头望着天空说，"喏，千重子，你就是生在这个家里的。尽管不是我生的，但确实

[①] 创作于十世纪初的日本最古老的物语文学作品。讲述竹取翁从竹子中得到仙女赫夜姬，仙女长大成人后拒绝贵族公子和皇帝求婚而返回月宫的故事。

是生在这个家里的。"

"嗯。"千重子应道。

——正像千重子在清水寺告诉真一的那样,她不是繁子夫妇晚上从圆山的樱花树下抱来的,而是被扔在店门口的弃儿,是太吉郎把她抱进家的。

那是二十年前的事了,太吉郎那时三十刚出头,也曾放浪过一阵子。所以,妻子起初不肯相信他的话。

"说得怪好听的……兴许是跟哪个艺妓生的,弄到家里来了。"

"别胡说了!"太吉郎变色道,"你好好看看这孩子穿的衣服。这会是艺妓生的孩子吗?嗯?是艺妓生的孩子吗?"说着把婴儿递给妻子。

妻子接过来,把脸贴在婴儿冰凉的小脸上。

"这孩子,你打算怎么办呢?"

"到里面再慢慢商量。你怎么愣在这里?"

"还是刚生下来的呢。"

因为不知亲生父母是谁,所以不能收为养女。户籍上,孩子写成是太吉郎夫妇的嫡亲女儿,取名叫千重子。

俗语说,领来孩子招来弟。可是繁子自己并没生养。他们把千重子当作独生女一般抚养,疼爱。岁月悠悠,千重子究竟见弃于什么样的父母,太吉郎夫妇也不再放在心上了。至于千重子亲生父母的生死存亡,当然也就无从知道。

——当晚,吃完饭,收拾很简单,只须把竹叶和汤碗拾掇一下就行。千重子一个人在归置。

收拾完,她上二楼自己的卧室。千重子翻着父亲曾带到嵯峨去的保罗·克利和马克·夏加尔等人的画册，正欲蒙眬睡去，突然叫了起来：

"啊——啊——"

被噩梦魇住了，她挣扎着醒来。

"千重子！千重子！"母亲在隔壁房里喊她。千重子还没应声，纸拉门被拉开了。

"魇着了吧？"母亲进来说，"做梦了吗？"

说着坐在千重子身旁，捻开枕边的台灯。

千重子坐在被窝里。

"哟，这么多汗！"母亲从梳妆台上拿来一条纱手帕，给千重子揩额上和胸口的汗。千重子由着母亲给擦。"多白净的胸脯啊！"母亲心里一边想，一边把手帕递给千重子：

"喏，擦擦胳肢窝……"

"谢谢，妈。"

"做噩梦了吧？"

"嗯。梦见从老高的地方掉下来……嗖的一下掉进一个绿得可怕的深渊里，没有底。"

"这种梦，谁都做过。"母亲说，"掉进一个无底的深渊里。"

"……"

"千重子，别着凉。换件睡衣吧？"

千重子点了点头。但还是心有余悸，想站起身，脚步却有些踉跄。

"好了好了，我来拿吧。"

千重子坐在床上，腼腆而灵巧地换上睡衣。正要折叠刚换下的那件，母亲说：

"甭叠了，反正要洗。"

母亲把衣服挂到角落里的衣架上，又走回来，坐在千重子的枕边说：

"做梦倒没什么……该不会是发烧吧？"说着把手放到女儿的额角上。冰凉的。

"嗯，准是上北山杉村里累着了。"

"……"

"瞧你这样，叫人不放心，妈过来陪你睡好不好？"母亲说着便要过去取被子。

"不必了……已经好了。您就放心去睡吧。"

"是吗？"母亲一边说，一边往千重子的被里钻。千重子把身子往边上挪了挪。

"千重子都长得这么大了，妈再也不能搂着你睡觉了。你说多奇怪。"

结果倒是母亲先安然睡去。千重子怕母亲肩膀着凉，用手摸了摸，然后把灯关掉。可是千重子怎么也睡不着。

千重子刚才做的梦很长，告诉母亲的，不过是个结尾。

起初，不像是梦，只是似睡非睡之际，挺高兴地想起白天和真砂子去北山杉村里的事。真砂子说的那个跟千重子很像的姑娘也在村里，而且奇怪的是，形象远比村子来得鲜明。

梦做到最后，才是她掉进一个绿色的深渊里。那绿色，也许就是印在她心上的杉山。

鞍马寺的伐竹会，是太吉郎喜欢的一种仪式。因为有地地道道的男子汉气概。

太吉郎年轻时看过多次，至今已不觉新鲜。但他想带女儿千重子去见识见识。何况今年要节约开支，鞍马寺十月里的火节，据说拟不举办了。

太吉郎担心下雨。伐竹会在六月二十日，正是黄梅季节。

十九那天有梅雨，还很大。

"这么下法，明天停得了吗？"太吉郎不时望着天空说。

"爸爸，下雨我也不在乎。"

"不在乎是不在乎，"父亲说，"天不好总归……"

二十日仍是腻答答地下着雨。

"把窗户和柜子门关紧，潮气很重，不然衣料会受潮的。"太吉郎吩咐伙计说。

"爸爸，不去鞍马寺啦？"千重子问父亲。

"明年还会有的，今年算了吧。鞍马山上云遮雾罩的……"

——参加伐竹仪式的不是出家的僧众，大抵是些乡下人，称为法师。十八日先要做好伐竹准备。鞍马寺正殿的左右两侧先竖起圆杉木，然后用雌竹雄竹各四根做横梁，缚在圆杉木上。雄竹去根留叶，雌竹则是连根带叶。

对着正殿的，左为丹波座，右为近江座，自古以来便这么称呼。

领班的，身着历代相传的白绢素服，足蹬武士草鞋，肩系吊袖带，腰插二把刀，头包五幅袈裟做的僧巾，身饰南天竹叶。伐竹用的山刀收在锦囊里。由开路的人带领走向山门。

下午一点光景。

身着直裰的僧人吹响法螺，伐竹会宣布开始。

两名男童向主持长老齐声称贺：

"恭贺伐竹神事开始大吉。"

然后两名男童分头走向左右两座道贺：

"近江之竹上好。"

"丹波之竹上好。"

伐竹时，伐竹人将缚在圆杉木上粗大的雄竹砍断，理好。细的雌竹不砍。

接着，男童向主持长老宣布：

"伐竹完毕。"

僧众一一步入大厅，开始诵经。抛撒夏菊，以代替莲花。

主持长老走下祭坛，打开丝柏扇子，上上下下连扇三次。

和着"嗬"的一声惊叹，近江和丹波两座各有二人将竹子砍成三截。

太吉郎原想带女儿去看伐竹会，因天阴下雨正在犹疑之际，秀男夹着小包走进格子门来。

"小姐的腰带终于织出来了。"秀男说。

"腰带？"太吉郎狐疑地问，"我女儿的带子？"

秀男蹲退一步，毕恭毕敬扶着席子施了一礼。

"是郁金香花样的吗……"太吉郎随口问了一句。

"不，是您在嵯峨尼庵里画的那条……"秀男郑重其事地说，"那天，我因年轻气盛，对佐田先生实在太失礼了。"

太吉郎不由得暗吃一惊。

"哪里，我只是兴之所至随便画画的。倒是你的高见点醒了我，我应当向你道谢才是。"

"承您看得起，那条带子我已经织好给您带来了。"

"是吗？"太吉郎不胜惊异，"那幅草图我已揉作一团，扔进你家旁边的小河里了。"

"扔掉了？是吗？"秀男毫不怯懦，镇静地说，"您不是让我看过吗？我已经记在脑子里了。"

"真不愧是手艺人哪。"说着，太吉郎额头又皱了起来，"可是，秀男，图样我都扔进河里了，你为什么还要织呢？嗯？干吗还把它织出来？"太吉郎追问道，心里忽地一动，说不出是悲凉之感，还是愤激之情。

"缺乏内在的和谐，火爆，病态——这些评语难道不是你秀男说的吗？"

"……"

"因此，一走出你家门口，我便把图样扔进小河里了。"

"佐田先生，请您原谅。"秀男两手扶在席上，低头道歉，"我也是整天净织些俗不可耐的东西，织得心都烦了。"

"彼此彼此，嵯峨的尼庵里，静虽然静，只有一个老庵主和一个白天来帮佣的老太婆，却也寂寞得很……再说，店里的生意日渐萧条，所以，你说的话，我觉得很有道理。何须我这个批发商设计什么图案呢！那种新颖别致的花样，就更……唉！"

"我也想得很多。在植物园遇到小姐之后，也想过。"

"……"

"这腰带，请您过目吧。要是不中意，您拿剪刀当场剪碎好了。"

"好吧。"太吉郎点头答应，又招呼女儿过来，"千重子！千重子！"

千重子正在账房里，坐在掌柜旁边，这时起身走过来。

秀男一双浓眉下，嘴巴紧抿着，神情充满自信。但双手解包袱时，不免微微颤抖。

秀男对太吉郎仿佛不便说什么，便转身向着千重子。

"小姐，请你鉴赏一下。这是令尊设计的图样。"说着把卷好的腰带递过去，显得很拘谨。

千重子把腰带刚展开一点儿，说：

"噢，爸爸，是受到克利画册的启发，在嵯峨画的吧？"

然后她一直把画展到膝上。"哎呀，真好！"

太吉郎苦着脸不作声。但心里对秀男能把图案完全记在脑子里，实在感到惊奇。

"爸爸！"千重子的声音里透着率真的喜悦，"带子真好！"

"……"

她用手摸摸带子的质地，对秀男说："您的织工很精致。"

"嗯嗯。"秀男低下了头。

"我在这儿打开来看看好吗？"

"嗯。"秀男应了一声。

千重子站起身来，在父亲和秀男面前把带子完全展开，一手搭在父亲肩上，站着打量，道：

"爸爸，您看怎么样？"

"……"

"您不觉得好看吗？"

"真的好看？"

"嗯，谢谢爸爸。"

"你再仔细看看。"

"这是新花样，当然要看配什么衣裳……不过，这带子真的好。"

"是吗？嗯，既然你中意，就该谢谢秀男。"

"秀男先生，多谢了。"千重子说着，在父亲身后跪下来，低头道谢。

"千重子。"父亲叫她，"这带子和谐吗？意境和谐吗？"

"什么？和谐？"千重子猝然间被问住了，又打量了一下带子，"您问和不和谐，这要看配什么衣裳，也因人而异……现在，那种故意打破和谐的衣裳倒很时兴……"

"嗯。"太吉郎点点头说，"其实呢，千重子，当初我把带子的图样给秀男看，他说不和谐。一气之下，我把图样扔进了他们作坊旁的小河里了。"

"……"

"可是，秀男竟织好拿来了，一看，跟爸爸扔掉的那张图样还不是完全一样吗？尽管画笔的颜色和丝线的颜色，多少有些差别。"

"佐田先生，请多原谅。"秀男双手扶在席上致歉说。

"小姐，实在冒昧得很，能否请你把带子系在腰上试试？"

"就系在这件衣服上？……"说着，千重子站起身来，系上带子，顿时显得光艳照人。太吉郎的神色缓和下来。

"小姐，这不愧是令尊的杰作。"秀男的眼睛放着光辉。

祇园会

千重子提着大篮子，走出店门。她要往北经过御池大街，到麸屋町的汤波半老铺去。睿山至北山之间的天空，晚霞火样地红，千重子伫立在御池大街上，仰望了半晌。

夏天日长昼永，晚霞早出。天色颇不单调，一忽儿便染成一片火红。

"天空竟有这种样子，还是头一次见呢。"

千重子掏出小镜子，在霞光下，照着自己的面庞。

"我忘不了，一辈子也忘不了……人真是的，心情会左右一切。"

在晚霞的映照下，容山和北山竟是一脉深蓝。

汤波半老铺里，豆腐皮、牡丹豆腐皮和八幡卷刚出锅。

"您来啦，小姐。一到祇园会，简直忙得不可开交，这还只是供应一些老主顾呢。凡事请多包涵呀。"

这家铺子，平日只接受订货。京都的点心行业中也有这样一类老店。

"是过节用的吧，一向承您照顾啦。"汤波半的老板娘一边说，一边把千重子的篮子装得满满的。

所谓八幡卷，就跟鳗鱼卷一样，是豆腐皮裹上牛蒡卷成的。牡丹豆腐皮，则类似油炸豆腐什锦，在豆腐皮里包上白果馅。

这家汤波半，是一八六四年那场大火中幸存的一家老字号，已有二百多年历史。当然也多少有些改进……例如天窗上安了玻璃，做豆腐皮用的炉灶改用砖砌的。

"从前烧炭、添火时，炭灰会落到豆腐皮上，所以才改烧锯末。"

"……"

一排锅子，用四方的铜板隔开，等锅面上结成一层豆腐皮，就用竹筷巧妙地捞出来，晾在锅上面的细竹棍上。竹棍上下摆几层，豆腐皮干了就往上移。

千重子走进后面的作坊，用手扶着古老的柱子。陪母亲一起来时，母亲常抚摸这根年代久远的大黑柱子。

"什么木的？"千重子问。

"丝柏的。高得很，一直到顶上，笔直笔直的……"

千重子也摸了摸这根古色古香的柱子，然后走出这家老铺。回家时，一路上只听到祇园会排练的鼓乐声，高亢嘹亮。

祇园会的日期，远道来看热闹的人常常以为是祭神彩车巡行的七月十七那天。所以，顶多在十六日夜里，才赶来看前夜祭。

其实，祇园会的法事，实际上七月里要做一个月。

七月一日，准备祭神彩车的各街道，先自画吉符，奏乐打鼓。

彩车中，乘有童子、饰以长刀的那辆，年年照例走在仪仗队之前。为了决定其余彩车的先后次序，七月二日或三日那天，由市长亲自主持抽签。

七月十日，"洗御舆"，也即祭祀的开始。彩车头一天要搭好，御舆在鸭川的四条大桥上洗。所谓"洗"，不过是神官用杨桐枝蘸水，洒于车上而已。

十一日，童子参拜祇园神社。童子是乘在长刀彩车上的。他头戴京式乌纱帽，身着古代公卿礼服，骑着马，有侍从随后。童子前去领受五位之职，高于五位的，称为"殿上人"。

从前，彩车上还置有神像，所以，童子两侧的侍童要扮成观音菩萨和势至菩萨。童子从神庙领受职位，象征已与神道婚配成礼。

"干吗那么怪模怪样啊？我是男孩子呀。"水木真一小时被扮成童子时，曾抱怨说。

再者，童子要单开伙，饭食不能与家人共火同烧。这是为了洁净。如今，这个规矩已经从简。只是，童子吃的饭，要用火镰打两下。据说，家里人倘有疏忽，童子自己就会催促："打火镰，打火镰。"

总而言之，童子不是巡行一天即告完事，远没有那么简单，还要去彩车街一一致意，全部祭典和童子的活动，总要一个月才能结束。

较之七月十七日彩车巡行，京都人宁愿领略十六日晚上前夜祭的情趣。

祇园会的正日，即将来临。

千重子家的店铺，外面的格子门已经卸下，正忙于为祇园会做准备。

京都姑娘千重子，家里是批发商，靠近四条[①]，祖上入祀于八

[①] 京都的条坊街区之一，位于先斗町、祇园附近。

坂神社，所以对年年举办的祇园会，也就不觉得稀罕了。这是京都炎夏的庙会。

最令她怀念的，便是乘在彩车上由真一装扮的童子。每逢庙会，或闻鼓乐声喧，或见彩车四周灯火辉煌，真一的样子，便历历如在眼前。那时真一和千重子都还只有七八岁光景。

"即便女孩子里，那么俊的也少见。"

真一到祇园神社领受五位少将之职时，千重子也跟着去了，彩车巡行街衢的时候，她也一直跟在后面转。扮成童子的真一，还带着侍童两人，到千重子家登门致谢。

"千重子，千重子。"千重子被喊得脸色绯红，只顾瞧他。真一化了妆，涂了口红，而千重子却是一张被阳光晒得发红的素脸，身上穿了一件单和服，系一条三尺长的红花纹腰带，挨着格子门，将坐榻放倒，正在同邻居的孩子放烟火玩。

今宵，在鼓乐声中，在彩车灯下，千重子依稀又见到当年童子打扮的真一。

"千重子，今儿晚上，你不去逛逛前夜祭吗？"晚饭后母亲问千重子。

"妈您呢？"

"有客人来，妈走不开。"

千重子一出家门，便加快了脚步。四条上人山人海，简直走不动。

四条上哪些彩车在什么地方，哪个胡同有什么彩车，千重子最清楚不过了。她各处都转了转。果然热闹非常。彩车上的鼓乐之声处处可闻。

千重子走到神舆前买了一支蜡烛,点了供在神前。庙会期间,八坂神社的神道都迎到了神舆那里。出了新京极,过四条,路南便是神舆。

在神舆前面,千重子发现有个姑娘在拜七拜,虽然只见后影,但一眼便知她在做什么。所谓拜七拜,是在离开神舆几步的地方,走上前去拜一拜,退回原处,再走上前去拜一拜,这样往返拜七次。这中间倘遇见熟人,也不能开口打招呼。

"咦?"千重子觉得那姑娘很面熟,不禁也随着拜了起来。

姑娘往西走几步,再踅回神舆前。千重子正相反,是东向往还。但姑娘比千重子虔诚,祷告得更久。

千重子每次离开神舆不像姑娘那么远,所以二人大致同时拜完七次。

姑娘凝眸望着千重子。

"你祈求什么呢?"千重子开口问道。

"你都看见了?"姑娘的声音颤抖了,"我想知道姐姐的下落……你就是我的姐姐。神佛保佑,让我们相逢。"姑娘泪水盈盈。

不错,她正是北山杉村里的那个姑娘。

神舆前挂满了灯笼,来朝拜的还点了蜡烛,所以神像前灯火通明。可是姑娘满脸泪痕,也不怕亮光,脸上映现出灯火闪闪。

千重子凭着意志,强自忍住泪水。

"我是独生女儿,没有姐妹。"说完千重子脸色刷白。

北山杉村的姑娘哽咽着说:

"我知道,小姐,请原谅。原谅我吧。"她反复说道,"因为从小便一直惦着姐姐、姐姐的，所以认错了人……"

"……"

"听说我们是双胞胎，也不知她究竟是姐姐还是妹妹……"

"人和人也有长得很像的。"

姑娘点点头，泪水顺着脸颊往下淌。她掏出手帕，边擦边说："小姐生在哪儿的？"

"就在附近，批发商大街。"

"是吗？小姐求神保佑什么呢？"

"保佑父母福寿双全。"

"……"

"你父亲呢？"千重子问了一句。

"早就不在了……一次给北山杉剪枝，从一棵树跳到另一棵树上时，一失足，掉下来摔坏了……这是村里人告诉我的。那时，我刚出生，什么也不知道……"

千重子感到一阵揪心。

"我时常想去那村子，想看挺秀的北山杉，焉知不是父亲的阴魂在召唤我？"

"这个山村姑娘，说她有孪生姐妹。我的亲爹会不会是在树上想起千重子这个被弃的女儿，想出了神，才不慎从树上摔下来的呢？准是这样。"

千重子的额角沁出了冷汗。四条大街上杂沓的脚步声，祇园会的鼓乐声，仿佛都消失在远处。她的眼前一片昏黑。

山村姑娘扶着千重子的肩头，用手帕给她擦额角。

"谢谢你。"千重子接过手帕，擦了擦脸，不知不觉随手将手帕掖进自己衣袋里。

"你母亲呢？"千重子小声问。

"母亲也……"姑娘迟疑了一下，"我生在母亲的娘家，那儿是个深山坳，比北山杉村还要僻远。母亲也不在了……"

千重子没有再问下去。

北山杉村来的姑娘，不用说，是高兴得流出了眼泪。一旦收住泪水，脸上转而光彩照人。

相比之下，倒是千重子凝然不动，两腿发颤，心思纷乱已极，一时里平静不下来。能够扶持慰藉她的，只有姑娘那健美的身躯。千重子不像山村姑娘高兴得那么率真，目光慢慢显出幽忧的神色。

千重子正在犹豫不知下一步该怎么办，这时姑娘招呼她说："小姐！"同时伸出右手。千重子握住姑娘的手。皮很厚，手很粗，不同于千重子的纤纤素手。可是，姑娘似乎并不在意，紧握着说：

"小姐，再见。"

"怎么？"

"啊，真高兴……"

"你叫什么名字？"

"苗子。"

"苗子？我叫千重子。"

"我现在在做工。村子不大，一提苗子，谁都知道。"

千重子点了点头。

"小姐，你挺有福气的。"

"嗯。"

"我发誓，今晚咱们见面的事，谁也不告诉。只有这祇园神知。"

虽说是孪生姊妹，但身份悬殊，苗子大概意识到了这一点。千重子思念及此，便什么话也说不出来了。但是，被抛弃的，难道不正是自己吗？

"再见，小姐。"苗子又说了一句，"趁别人还没看见……"

千重子一阵心酸。

"我家的店就在附近，苗子哪怕就从门前走过去也好，至少去一趟吧，好吗？"

苗子摇了摇头，却又问道："府上有几个人？"

"家里人吗？只有父亲和母亲……"

"也不知怎的，我也觉得该是这样。你是父母的心肝宝贝，娇生惯养的。"

千重子拉着苗子的衣袖说：

"我们在这儿站得太久了……"

"真的。"

说着，苗子重新朝神舆诚心诚意地拜了拜。千重子也赶忙随苗子拜起来。

"再见。"苗子第三次说。

"再见。"千重子也说。

"真有好多话要说。什么时候，到村里来吧。在杉林里，谁都看不见的。"

"谢谢。"

两人挤出人群，无意中朝四条大桥走去。

八坂神社一脉流传下来的后裔很多。前夜祭和十七日正日祭神彩车巡行过后，赶庙会的人依旧络绎不绝。家家店铺门户洞开，摆上屏风什么的。早先有的屏风，画的是初期浮世绘、狩野派、大和绘，或是宗达的绘画。在浮世绘作品中，有的属南蛮①屏风，在古雅的京都风俗中描绘异国人物。画面大多表现京都当年商业兴盛，市面繁荣。

　　现在，这种风俗的余绪还保留在祭神的彩车上。车上饰以中国织锦、法国葛布兰花壁毯、毛织品、金线织花锦缎、仿织锦刺绣等。绚丽多彩的桃山②风格中，还显示出对外贸易的发达，其有一种异国情调之美。

　　彩车内则挂有当时的名家绘画。车的顶端看着像根柱子，据说有的是用来表示朱印船③的桅杆。

　　祇园会敲打的鼓乐，节奏很简单，通常是"咚咚呛咚咚呛"。实际上有二十六套音乐，有人说类似壬生寺演假面哑剧的音乐伴奏，有的则说近乎雅乐。

　　前夜祭时，彩车上挂起一串串灯笼，鼓乐喧阗，高亢嘹亮。

　　四条大桥东头虽然没有彩车，可是去八坂神社的这一路上，

---

① 当时日本对欧洲人的称呼，因为大部分欧洲商船都是从日本之南中转而来，而日本人对其抱有排斥情绪。

② 日本安土桃山时代（1573—1598），又称织丰时代，是织田信长、丰臣秀吉当权的时代，建筑装饰风格奔放华丽，"桃山美术"也被视为日本美术史华美壮丽风格的巅峰。

③ 日本江户时代领有红色官印执照与外国通商贸易的船只。

仍是热闹非常。

千重子刚上大桥，就被人流推来挤去，比苗子落后几步。

苗子说了三次"再见"，可是千重子委决不下，不知是在这儿分手好，还是走过太记老店，甚至走到店门附近，让她知道店在什么地方好。对苗子，一缕亲情油然而生。

"小姐，千重子小姐！"苗子刚要过大桥，有人跟她打招呼走到她跟前，是秀男。秀男把苗子错认为千重子了。"您来逛前夜祭？就一个人……"

苗子感到很为难，但她不能回头去看千重子。

千重子倏地躲入人群。

"今儿晚上好天气……"秀男对苗子说，"明儿个，天也会好。星星那么亮……"

苗子抬头望着夜空。她不知如何回答是好。当然，苗子不可能认识秀男。

"上一次对令尊十分无礼，那条带子花样真好……"秀男对苗子说。

"嗯"

"令尊后来生气了没有？"

"嗯？"苗子莫名其妙，无从回答。

不过，她并没用目光去寻千重子。

苗子感到迷惑。要是千重子愿意见这个年轻男子，她就会走过来。

这个男子，头略大，肩很阔，目光沉静。苗子觉得不像是坏人。从他提起腰带的事看来，可能是西阵那边的织工。在高高的织机上，几年坐下来，体形多少总会变成这个样子。

"怪我年轻不懂事，对令尊的图样说了几句废话，一宿没睡，想来想去还是决定把它织出来。"秀男说。

"……"

"您系过一次没有？"

"嗯。"苗子含糊其辞地应了一声。

"怎么样？"

桥上不如马路上那么亮，人群熙攘，把他们隔了开来。尽管如此，苗子仍对秀男认错了人感到不解。

双胞胎生在一个人家，受到同样的抚育，自是不易分辨。但是，千重子和苗子长在不同地方，生活境遇截然不同。苗子甚至猜想，眼前这个人或许是近视眼。

"小姐，我打算自己设计，为您精心织一条锦带，作为您二十岁的纪念，不知行不行？"

"啊，谢谢了。"苗子期期艾艾地说。

"祇园会的前夕，能见到小姐，神佛一定会保佑我织好锦带。"

"……"

苗子心里想，我们是孪生姊妹，千重子准是不愿叫这人知道，所以才不过来。

"再见了。"苗子对秀男说。秀男有点儿意外。

"哦，再见。"秀男应了一声，又说，"您同意我织，那太好了。我一定赶在看红叶之前织出来……"秀男把意思又说了一遍，这才走开。

苗子用目光搜寻了一下，没有看见千重子。

方才那个男子以及腰带的事，对苗子来说无关紧要，可是，在神舆前同千重子相逢，仿佛是神佛的呵护，她只觉得高兴。苗子手扶着桥栏杆，凝望着水上的灯影。

苗子沿着桥边，缓缓走着，打算走到四条的尽头，去参拜八坂神社。

走到大桥中央，她发现千重子和两个年轻男子正站着说话。

"啊！"苗子不觉低声叫了出来，但没有走过去。

她是无意之间看见他们三个的。

千重子本来在思忖，苗子究竟同秀男站在那里说些什么。显然，秀男错把苗子当成自己了。苗子怎么应付秀男呢？真难为她。

千重子想，也许该走到他们跟前去。可是不行。她非但没过去，当她听见秀男喊苗子为"千重子"的刹那间，甚至抽身躲进了人群。

为什么呢？

神舆前与苗子邂逅，就内心的震动而论，千重子要比苗子强烈得多。苗子早就知道，自己有孪生姐妹，始终在寻找那不知是姐姐还是妹妹的另一个。然而，千重子却是万万没有想到自己还有孪生姐妹的。这实在过于突然，她没法像苗子发现千重子时那么兴高采烈，她也顾不上高兴。

并且，父亲从杉树上摔下来，母亲也早逝，是方才听苗子说才知道的。她心里感到刺痛。

过去，她只是听见邻居们私下议论，才认为自己是个弃儿，可是她竭力不去想自己是被什么样的父母抛弃的，他们又在哪里。即或想了，也无济于事。何况太吉郎和繁子对自己十分钟爱，无须再想。

今晚，在前夜祭上，苗子告诉她的这些事，在千重子听来，未必是什么幸事。然而，她对苗子这样一个姐妹，已产生一种温暖的手足之情。

"她的心地比我纯洁，又能干活，身体好像也挺好。"千重子喃喃自语，"有朝一日，说不定还能依靠她呢……"

她茫茫然走在四条大桥上。

"千重子！千重子！"真一喊住了她，"一个人走路想什么呢？都出了神了。脸色也不大好。"

"哦，是真一。"千重子回过神来，"真一，那年你扮作童子，乘在插着长刀的彩车上，多好玩呀。"

"当时可难受极了。现在想想怪好玩的。"

真一身边还有个同伴。

"是我哥哥，在大学研究院读书。"

哥哥长得很像弟弟，莽撞地向千重子点了点头。

"真一小时候性格懦弱得可爱，长得又秀气，像个女孩子，所以把他扮成童子。真傻。"哥哥大声笑着说。

走到桥心，千重子朝哥哥那张英武的脸上看了一眼。

"千重子，你今晚脸色苍白，像是很伤心似的。"真一说。

"也许是桥中央灯光照着的缘故？"千重子说着，用脚使劲踩着地下，"再说，这个前夜祭，人头攒动，个个兴高采烈的，孤零零一个女孩子,看着就显得伤心似的,这又有什么?"

"那可不行。"说着真一把千重子推向桥栏杆旁边,"稍微靠一会儿吧。"

"谢谢。"

"河上没什么风……"

千重子手扶额角,闭起眼睛。

"真一,你扮童子,乘在插长刀的彩车里,那时几岁?"

"嗯……算起来不到七岁吧?记得是上小学的前一年……"

千重子点了点头,默不作声。她想擦擦额角和头颈上的冷汗,手伸进怀里,摸到的是苗子的手帕。

"啊!"

手帕上沾着苗子的泪痕,千重子捏在手里,犹豫着要不要掏出来。她把手帕捏成一团擦着额角,泪水几乎要涌了出来。

真一很诧异。他知道,把手帕团成一团塞进衣袋,这不是千重子的习惯。

"千重子,你觉得热吗?还是发冷?要是热伤风,可不容易好,赶快回去吧……我们送你。好吗,哥哥?"

真一的哥哥点点头。他一直目不转睛,盯着千重子。

"很近,不必送了……"

"很近,就更得送了。"真一的哥哥说得很干脆。

三个人从桥心往回走。

"真一,你扮童子乘彩车巡行时,我始终跟在后面,你知道不?"千重子问。

"记得,记得。"真一回答。

"那时还挺小的。"

"可不是。扮童子不好东张西望,可是我心里想,那么小的女孩儿,难为她跟着走。累得很吧?人又挤……"

"再也不能变得那么小了。"

"你净说的什么呀?"真一一面闪烁其词,一面心里疑惑,千重子今晚是怎么了?

送千重子到了家,真一的哥哥同她父母恭恭敬敬地寒暄了一番,真一则躲在哥哥身后。

太吉郎在后房,同一位客人喝过节酒。太吉郎倒没怎么喝,他不过是陪着罢了。繁子在旁侍候,一忽儿站起来,一忽儿坐下去。

"我回来了。"千重子说。

"你回来啦?这么快!"繁子说着察看女儿的神色。

千重子对客人毕恭毕敬行过礼,然后说:

"妈,我回来太晚了,也没能帮您的忙……"

"没什么,没什么。"繁子示意千重子一起到厨房去,叫她来端烫好的酒,顺便说,"千重子,大概是看你这么难受的样子,他们才送你回来的吧?"

"嗯,真一和他哥哥一定要送……"

"我看也是。脸色不好,摇摇晃晃的……"繁子摸了摸千重子的前额,"倒不发烧。瞧你这难受的样儿。今儿晚上有客人,就跟妈一起睡吧。"说着,慈爱地搂住千重子的肩膀。

眼泪几乎要滚出来,千重子拼命忍着。

"你就上楼先睡吧。"

"是，妈……"见母亲如此慈怜温蔼，千重子心头顿时释然。

"你爸爸也是，客人少，闷得慌。吃晚饭那工夫，倒有五六个人来着……"

千重子端酒壶进去。

"已经酒足饭饱了。这些足矣。"

千重子斟酒的手发颤，左手也扶着酒壶，仍是微微颤动。

今晚，天井里那盏基督雕像灯也点亮了。大枫树洼坑里的两株紫花地丁，隐约可见。

花已凋落。上下两株细小的紫花地丁，不就是千重子和苗子吗？两株花似乎各据一方，可是今晚不就相逢了吗？千重子望着薄明微暗中的两株紫花地丁，不禁又酸泪欲滴。

太吉郎也发现千重子似乎有心事，时不时地望向她。

千重子轻轻站了起来，走上二楼。她的卧室已铺上客人的铺盖，她便从壁橱里拿出自己的枕头，到母亲房里睡下。

她恣情一恸，因怕人听见，便把脸埋进枕头里，两手抓住枕头的两边。

繁子走进来，看见千重子的枕头湿了一片，便说：

"来，换一只，我回头就来。"

说着给她拿来一只新枕头，随即又下楼去了。繁子在楼梯口停了一停，回头望了一眼，什么也没说。

铺盖只铺了两副，倒不是铺不下三副。一副是千重子的，母亲大概打算和千重子一起睡。

在铺尾，叠着两条夏天盖的麻绸被，一条是母亲的，一条是千重子的。

繁子没铺自己的被，只铺了女儿的。这本算不得一回事，千重子却能体会到母亲的一番心意。

于是，千重子止住了泪水，心情平静下来。

"我就是这个家里的孩子。"

千重子和苗子突然邂逅之后，心绪纷乱已极，一时难以克制，这是很自然的。

她站到镜台前，打量自己的面孔，想搽粉遮掩一下，又作罢。便去拿香水，在被上洒了几滴，然后把身上的窄腰带重新系好。

当然，她一时还无法入睡。

"刚才对苗子是不是太冷淡了？"

她一闭上眼睛，便看见中川村（町）那秀丽的杉山。

从苗子的话里，千重子对自己的亲生父母，也大体上有所了解了。

"这件事，是告诉爸爸妈妈好呢，还是不告诉的好？"

恐怕这批发店的老夫妇，既不知道千重子生在哪里，也不知道她亲生父母的下落如何。

"亲爹亲娘已经不在人世了……"想到这里，千重子倒也没有流泪。

街上传来了鼓乐声。

楼下的客人，好像是近江长滨那一带的绸绸店老板，已经醉意朦胧，嗓音也高起来，千重子睡在后楼上，不时也能听见一言半语。

客人絮絮不休，在讲祭神彩车队经过的路线，从四条出来，经过颇为现代化的河原町，拐到单行道御池大街，市政府前甚至搭了观礼台，说是为了"观光"。

以前，车队行经京都狭窄的街道，有时会损坏一些房屋。别有情趣的是，从前可向楼上的人讨粽子，现在则是撒粽子。

四条还算好的，一旦拐进窄小的街道，彩车的下面便看不到了。这倒更好。

太吉郎心平气和地分辩说，在宽阔的大街上，整辆彩车一览无余，那才美不胜收呢。

千重子此刻躺在被窝里，恍如听见彩车的大木轮辗过十字路口的声音。

客人今晚似乎要在隔壁房里留宿。所以，见到苗子的前后经过，千重子打算明天再告诉父母。

听说北山杉村里，都是私人经营。并不是每个人家都有山有林的。有山地的，只是少数几家。千重子心想，她的亲生父母大概是人家的雇工。

"我在做工……"苗子自己也这么说。

二十年前，她的父母生下双胞胎，或许有点儿不好意思，又听说双胞胎难养，考虑到生活的艰难，才把千重子给扔了也说不定。

——有三件事，千重子忘了问苗子了。婴儿还在襁褓中，为什么抛弃的不是苗子而是千重子？父亲从树上摔下来又是什么时候？苗子倒说过，在她"刚出生"的时候……此外，苗子说，她"生在母亲的娘家，那儿是个深山坳，比北杉山村还要僻远"。那地方叫什么名字呢？

苗子似乎觉得同被抛弃的千重子身份悬殊，她是决不会自己来找千重子的。倘若千重子想同苗子说什么，那就非去她干活的地方找她不可。

然而，千重子不能瞒着父母去找苗子。

大佛次郎[①]的名篇《京都的魅力》，千重子读过多遍。脑海里忽然想起其中的一段：

  北山上做圆杉木用的杉林，树梢青翠，重重叠叠，宛如云层；而红松，树干纤细，色调鲜明，丛立山间。林涛细响，恰似音乐一般……

层峦叠嶂，那圆陀的山峰，起伏的音乐，林涛的细响，这一切远远盖过庙会的鼓乐和人声，在千重子心头奔凑而来。她仿佛冲破北山上的彩虹，听得见那音乐和细响……

千重子的悲哀淡薄了。也许那根本就不是悲哀，说不定是突然遇到苗子而感到的惊愕、迷惘和困惑。多半是女孩儿天生爱流泪的缘故。

---

 ① 大佛次郎（1897—1973）：日本作家。受西方文化的熏陶，在历史小说方面开辟了新领域。1964年获日本文化勋章。著有小说《鞍马天狗》《归乡》和史传《天皇的世纪》等。

千重子翻了个身，闭着眼睛，倾听那山之歌。

"苗子高兴得什么似的，可我呢？"

过了一会儿，客人同父母上楼来了。

"请好好休息吧。"父亲对客人说。

母亲叠好客人脱下的衣服，走到这间屋子，正要叠父亲脱下的衣服，千重子说：

"妈，我来吧。"

"还没睡着？"母亲让千重子叠，躺了下来。

"好香。到底是年轻人。"母亲爽朗地说。

近江客人喝了酒的缘故，隔着纸拉门，鼾声当即可闻。

"繁子。"太吉郎喊了一声睡在旁边铺上的妻子，"有田先生不是说，要把儿子送到柜上来吗？"

"是当店员……职员吗？"

"是做上门女婿，千重子的……"

"别说了，千重子还没睡着呢。"繁子打断丈夫说。

"我知道。千重子听听也好。"

"……"

"是他家老二。曾经打发他来过几次。"

"我可不大喜欢有田这个人。"繁子声音虽低，语气却很坚决。萦绕在千重子心头的山林的乐声消失了。

"是不，千重子？"母亲转身朝向女儿。千重子睁着眼睛没有作声。静默了半晌，千重子交叉着两脚，一动不动。

"有田先生看中的,大概是咱们的铺子吧。我这么猜。"太吉郎说,"再说,他也知道,千重子既漂亮又可爱……他虽然是咱们的主顾,可是对柜上的情况,倒全都清楚。想必是哪个伙计透露给他的。"

"……"

"不过,不论千重子长得怎么俊,也不能为了生意叫她出嫁,这事我想都没想过。繁子,你说是不是?这么做也对不起神灵。"

"可不是。"繁子说。

"我这人的禀性,不适于做生意。"

"爸爸,我让您把保罗·克利画册之类的东西带到嵯峨的尼庵去,真是不应该。"千重子撑起身子向父亲道歉。

"哪里,这也是爸爸的乐趣和消遣。这样,生活才有点儿意义嘛。"父亲轻轻点了点头,"我又没有能耐设计那种图案……"

"爸爸!"

"千重子,要不咱们把店盘出去,到幽静的南禅寺或冈崎租间小房子,哪怕西阵也行,咱们父女俩一块儿设计和服,画腰带的花样,你看好不好?不过,你受得了穷吗?"

"穷怕什么!我一点儿也不在乎……"

"真的?"父亲说完,没过多久就睡熟了。千重子却辗转难眠。

第二天,她一清早便醒了,打扫店前的街道,擦拭格子门和坐榻。

祇园会仍在进行。

十八日是入山伐木节;二十三日是节后祭和屏风会;二十四

日彩车上山巡行,然后祭神演出狂言①;二十八日洗御舆,回八坂神社;二十九日是上奏神事已毕的奉告祭。

好些彩车都经过寺町。

千重子有杂事烦心,不得清静,庙会差不多前后忙了一个月。

---

① 日本剧种之一,是一种古典喜剧。插在能乐幕间演出。江户时代形成大藏流、鹭流、和泉流三个流派。

秋 色

明治初年倡导"文明开化"①，保留下来的唯一陈迹，便是沿着崛川行驶的北野线电车，现在也终于决定取消了。这条线路是日本最早的电车。

这足以让人了解，千年古都很早即已取法西洋，吸收新事物。京都人居然也有这样一面。

然而，这辆"叮叮当当"的老爷电车，还能开到今日，或许正可以看出"古都"的特色。车身很小，乘客相对而坐，几乎彼此能碰到膝盖。

可是一旦取消，又不免让人感到惋惜。所以，便把这辆车缀以假花，装饰成"花电车"，让一些人按照明治时的风俗装扮起来，乘在车上。这消息在市民中盛传一时。或者也可以说是一个"节日"吧。

几天来，这辆旧电车天天客满，没事的人也要上去乘一乘。正当七月伏天，有人还撑着阳伞。

京都的夏天，比东京晒得厉害，东京现在已经看不到打阳伞走路的人了。

---

① 日本明治初期思想、文化和社会制度的现代化与西化。

太吉郎在京都站前正要上那辆花电车,有个中年女人忍着笑,故意藏在他身后。说起来,太吉郎也算得上是有明治派头的人。

上了电车,太吉郎才发现这个女人,不大好意思地说:

"是你呀!你还不够明治派头哩。"

"反正也差不多了。再说我家就在北野线上。"

"哦,这倒也是啊!"太吉郎说。

"什么这倒也是啊,您这人真薄情寡义……您倒是想起来了没有?"

"还带了个可爱的孩子……你藏在什么地方了?"

"甭装糊涂……您明明知道不是我的孩子。"

"啧啧,我哪知道。你们女人家……"

"瞧您说的,你们男人家才这样呢。"

女人带的那个女孩儿,长得白白净净,姿容曼妙,约莫有十四五了。单和服的外面,系着一条窄的红腰带。女孩儿忸忸怩怩躲着太吉郎,挨着女人坐下来,抿起嘴一声不响。

太吉郎轻轻拉了一下女人的袖子。

"小千代,往中间坐坐。"女人说。

三个人沉默了好一会儿。女人隔着女孩子的头,附耳对太吉郎说:

"我常想,要是叫这孩子到祇园当舞妓,准能红。"

"谁家的孩子?"

"附近茶馆老板的。"

"嗯。"

"有人居然认为是先生您同我的孩子。"女人声音低到几不可闻。

"什么话!"

女人是上七轩①一家茶馆的老板娘。

"我们要去北野神社。这孩子非拉上我不可……"

太吉郎知道老板娘在开玩笑,便问少女:"你几岁啦?"

"中学一年级。"

"嗯。"太吉郎一面端详女孩子,一面对老板娘说,"唉,来生转世再拜托你吧。"

女孩子生在花街柳巷,似乎也懂一些风情,太吉郎的俏皮话她自然听懂了。

"有什么事非让这孩子拉上你去北野神社不可?难道她是天神下凡不成?"太吉郎揶揄老板娘说。

"正是正是。"

"天神可是男身噢……"

"是他转世托生成女的了。"老板娘一本正经地说,"要是生成男的,就得发配,受罪。"

太吉郎扑哧一声笑了出来。"要是女的呢?"

"要是女的,对啦,要是女的,就有个如意郎君,倍受疼爱。"

"嗯。"

这女孩儿模样俊俏,无可挑剔。梳的有刘海的发型,头发又黑又亮。双眼皮,大眼睛,顾盼撩人,美极了。

---

① 位于京都北野天满宫附近,是京都最古老的花街。

"是独生女吗？"太吉郎问。

"不是，还有两个姐姐。大姐明年春天中学毕业，也许要下海。"

"也像这孩子那么漂亮？"

"像是像，可没她这么俊。"

"……"

现在上七轩连一个舞妓都没有。当舞妓，也非中学毕业不可。

所谓上七轩，顾名思义，大概原来有七家茶馆。太吉郎好像在哪儿听说，现在已增加到二十几家了。

从前——也并不很久，太吉郎常陪西阵的织工或是外地的老主顾，到上七轩一带冶游。太吉郎眼前不禁浮现出当时的女人的面影。那时，太吉郎店里的生意还很兴隆。

"你兴致倒好，居然还来乘乘这辆电车……"太吉郎说。

"人顶要紧的就是念旧。"老板娘说，"吃我们这碗饭的，就不能把老主顾给忘了……"

"……"

"偏巧今儿个送客上火车，回去乘这辆电车又是顺路……倒是佐田先生好不奇怪，孤家寡人，一个人乘这辆车……"

"可不，唉，其实光看看也就够了。"太吉郎侧着头沉吟了一下，"也不知是过去令人怀念呢，还是现在太寂寞了。"

"要说寂寞，您还不到那个年纪。咱们一起走吧。哪怕就看看年轻姑娘也好……"

太吉郎竟然要被带往上七轩去了。

老板娘径直朝北野神社的神像前走去，太吉郎跟随在后。老板娘恭恭敬敬告祷了好久。少女也低着头。

老板娘回到太吉郎身边时说：

"该叫小千代回去了，您包涵着点儿。"

"哦。"

"小千代，回去吧。"

"对不起。"女孩儿向二人道过别便走了，渐去渐远，走路的姿势也越来越像个地道的中学生了。

"您好像挺中意这孩子的。"老板娘说，"再过两三年就下海了，您就耐着性子等着吧……现在她人就很懂事。长得是真够俊的。"

太吉郎没有回答。既然到了这里，索性在园子里逛逛吧。可是酷热难当。

"到你们柜上休息一下好不好？我有些累。"

"敢情好。方才我就这么打算来着。您可是好久没来了。"老板娘说。

进了那家古旧的茶馆，老板娘便郑重其事地招呼说：

"您来了，可真是久违了。一向都好哇？倒是常念叨您哪。"

接着老板娘又说："您躺躺吧，我去拿个枕头来。哦，您方才说寂寞得慌，叫个老实的主儿来解解闷如何？"

"要是从前见过的姑娘，那就免了吧。"

太吉郎刚要入睡，走进一个年轻艺妓。她安安生生坐了片刻，见是个生客，心里暗想，大概挺难伺候。太吉郎一直睡意蒙眬，压根儿打不起精神来说话。艺妓或许是为了逗逗客人，便说她下海两年来，喜欢过四十七个客人。

103

"正好同赤穗义士①一样多。有的也四五十岁了。现在想想蛮滑稽的……净惹人笑话，都说他们一个个该闹单相思了。"

太吉郎这才完全清醒过来。

"那么现在呢？"

"现在只有一个人。"

这当口老板娘正走进客厅。

这艺妓不过二十来岁，竟同四十七个仅有泛泛之交的男人相好过，太吉郎真有点儿疑心她记得确实不确实。

她告诉太吉郎，自己刚下海三天时，领一个讨厌的客人去厕所，冷不防被那人抱住亲了一下。结果把客人的舌头给咬了。

"出血了吗？"

"可不，出血了。客人大发雷霆，叫我赔治疗费，我呢就哭，折腾了半天。那也是他自作自受。现在连他叫什么名字，我都忘了。"

"嗯。"太吉郎盯着这个艺妓的面孔。当时她也不过十八九岁光景。这么一个细腰削肩、性格温柔的京都美人儿，居然会使劲咬人。

"让我看看你的牙。"太吉郎对年轻的艺妓说。

"牙？我的牙吗？说话的时候，您不就瞧见了吗？"

"我再仔细看看，不碍事的。"

---

① 1702年，日本赤穗地方的四十七名武士起事，为其主公浅野长矩复仇，义举成功后，被判切腹自尽。

"不嘛，怪难为情的。"艺妓抿着嘴说，"您多坏呀，叫人没法开口说话了不是？"

艺妓的樱桃小口里，露出一排细小洁白的牙齿。太吉郎嘲弄说：

"莫不是咬断了，镶的假牙吧？"

"舌头多软呀。"艺妓一不留神，说走了嘴，"真是的，我不说了……"说着把脸藏在老板娘的背后。

过了片刻，太吉郎对老板娘说：

"既然到了这里，顺便到中里去看看吧。"

"哦……那他们会高兴的。我陪您去好吗？"说罢，老板娘站起身来，走到镜台前，大概要坐下匀匀脸。

中里家的门面依旧是老样子，客厅却布置一新。

又来了一个艺妓，太吉郎在中里家一直待到晚饭后。

——秀男到太吉郎店里，正是他不在家的时候。秀男说要见小姐，千重子便走到前面店堂里。

"祇园会那晚，您答应过我给您设计腰带，现在图样已经画好了，我拿来请您过过目。"秀男说。

"千重子！"母亲招呼说，"请把他让进里屋来吧。"

"欸。"

在朝天井的那间屋里，秀男打开图样给千重子看。一共有两幅。一幅画的是菊花配着绿叶，叶子几乎看不出来，形状很别致。另一幅是红叶。

"好极了。"千重子看得入迷了。

"只要小姐中意，比什么都让我高兴……"秀男说，"那么就请小姐定一下织哪一幅吧。"

"这个嘛，要是菊花，一年四季都可以系。"

"那就织菊花这幅吧，好吗？"

"……"

千重子垂着头，神情抑郁。

"两幅都很好，不过……"她吞吞吐吐地说，"不能织成山上的青杉和红松吗？"

"山上的青杉和红松？看来不大容易，我想想看吧。"秀男诧异地看着千重子。

"秀男先生，这还得请您原谅。"

"哪里谈得到原谅……"

"这个……"千重子不知怎么说才好，"前夜祭那晚，在四条大桥上，您说要给我织腰带，其实，那人不是我。您认错人了。"

秀男说不出话来。他简直不能相信，顿时神情沮丧。正是为了千重子，他才呕心沥血设计图案的。难道千重子这是表示婉拒的意思吗？

但是，无论如何，千重子的措辞，她的态度，令人有点儿费解。秀男多少恢复一些他刚强的个性。

"那么说，我见到的竟是小姐的幻影了？是跟千重子小姐的幻影说的话？难道说祇园会上居然出现了幻影？"不过，秀男还没有说成是他"意中人"的幻影。

千重子正色说道：

"秀男先生，当时同你说话的，是我妹妹。"

"……"

"是我妹妹。"

"……"

"我也是那晚头一次遇见她。"

"……"

"关于妹妹的事,我连父母都还没告诉。"

"什么?"秀男吃了一惊。他简直有些糊涂了。

"那个出北山圆杉木的村子,您知道吧?她就在那儿干活。"

"什么?"

他惊讶得一句话也说不出来。

"中川町您知道吧?"千重子问。

"嗯,乘公共汽车曾经从那儿经过……"

"请您给她织一条带子吧。"

"啊。"

"给她织吧?"

"啊。"秀男不无怀疑地点头答应,"所以,您方才说要红松和青杉的图案?"

千重子点点头。

"好吧,不过,是不是跟她的生活太切近了些?"

"那要看您设计得如何了。"

"……"

"她一辈子都会当件宝贝的。妹妹名叫苗子,不是有山有地人家的姑娘,所以很能干。比我坚强得多……"

秀男仍有些迷惑不解,但还是说:

"因为是小姐您要我织，我一定把它织好。"

"我再啰唆一遍，是给苗子姑娘的。"

"知道了。可是，她怎么同千重子小姐那么相像呢？"

"我们是姐妹嘛。"

"即便是姐妹也……"

千重子还不便告诉秀男她们是孪生姐妹。

夏天的庙会上，姑娘的穿着本来就轻便，再加上灯光，秀男把苗子错看成千重子，未必就是看花了眼的缘故。

古色古香的木格窗外，还围着一道木格栅栏，中间摆着坐榻，店堂开间很深——这种格局现在看来，或许是从前遗留下来的，但毕竟是堂堂京式老字号的绸缎批发商。这样一家批发商的小姐，同一个在北山杉村里做工的姑娘，怎么会是姐妹呢？秀男感到不可思议。然而，这事他又不便深问。

"带子织好后，是送到府上来吗？"秀男问。

"这个……"千重子沉吟了一下，"能不能请您直接送给苗子呢？"

"当然可以。"

"那就这么办吧。"千重子的嘱托里，似乎另有深意，"就是路远一些……"

"哦，远不到哪儿。"

"真不知苗子会多高兴。"

"她肯收下吧？"秀男的疑虑也不无道理。苗子大概会感到意外的。

"我先跟苗子说好。"

"是吗？那好吧……我一定送去。家住在哪里？"

千重子也不知道。"是苗子住的地方吗？"

"嗯。"

"我先打电话或写信告诉她。"

"是吗？"秀男说，"虽说有两位千重子小姐，我还是当作小姐您的带子用心去织，然后亲自送去。"

"多谢了。"千重子低头致谢，"那就拜托了。您觉得奇怪吗？"

"……"

"秀男先生，腰带不是给我织的，是请您给苗子织的。"

"嗯，我知道了。"

过了一会儿，秀男走出店门，仍是百思不得其解。不过脑子里未尝不在琢磨腰带的图案。假如画山上的青杉和红松而不大胆创新，拿给千重子用，恐怕太素净了。秀男的心里，仍当它是千重子的腰带。换句话说，倘若看作是苗子姑娘的腰带，那万万不能同她的劳动生活太切近。方才他对千重子也这么说过。

在四条的大桥上，自己遇到的不知是叫"千重子的苗子"，还是叫"苗子的千重子"？他想到桥上走走，两脚便朝那里走去。白日里阳光灼热。秀男站在桥上，凭栏闭目，竭力不去理会人群的嘈杂和电车的轰鸣，他想倾听那低到欲无的淙淙流水。

千重子今年没有去看"大"字篝火。母亲难得随父亲一起去看热闹，千重子便一个人留下来看家。

父亲他们和附近两三家相熟的批发商，在木屋町二条南的一家茶楼包了一个凉台。

八月十六日的"大"字篝火，是在盂兰盆会最后一天为超度祖先亡灵而点的。从前的风俗，是人们在那天夜里把松明火把抛到空中，表示送游魂回归冥府。在山上燃篝火，据说就是沿袭这一风俗而来的。

实际上点篝火的有五座山，东山如意峰上点的才叫"'大'字篝火"；靠近金阁寺的大北山上的，叫"左'大'字篝火"；松崎山上的是"妙法篝火"；西贺茂的明见山，是"船形篝火"；上嵯峨山那里叫"鸟居形篝火"，共是五山篝火。当晚要依次点燃起来，大约烧四十分钟光景。这期间，市内的霓虹灯和广告灯全都熄灭。

篝火点起来后，从那一片山色和夜色中，千重子感到了秋色。

比"大"字篝火早半个月，立秋的前夜，下鸭神社里有越夏神事①。

以前为了看左"大"字篝火什么的，千重子常约几个朋友登上加茂川的堤堰。

"大"字篝火之类，她从小就已经看惯了。但是心里仍惦记着：

"今年的'大'字篝火也……"千重子正当妙龄，更加多愁善感。

千重子走到店外，同邻居的孩子围着坐榻玩。小孩子对"大"字篝火似乎不大在意，觉得放烟火才更有趣。

可是，今年夏天的盂兰盆会，千重子新添一桩伤心的事。因为

---

① 六月驱邪，日本祭典仪式之一。阴历六月三十日，在神社内让前来参拜者钻茅草圈，以驱除邪恶、除灾求福。

她在祇园会上遇见苗子，苗子把亲生父母早就过世的事告诉了她。

"对了，明天去看看苗子吧。"千重子思量着，"秀男织腰带的事，也得同她说好……"

翌日下午，千重子换上一身素净衣服出门。——大白天里，千重子还没有见过苗子呢。

她在菩提瀑布那一站，下了公共汽车。

北山町眼下正是繁忙的季节。男人家已经开始剥杉树皮，树皮堆得老高，四处还摊了一片。

千重子正在犹疑，刚走了几步，只见苗子一阵风似的跑了过来。

"小姐，你来得可太好了。真的真的，来得太好了……"

千重子见苗子一身干活打扮，便问：

"不要紧吗？"

"不要紧，我今儿个告了假。因为我看见你来了……"苗子气喘吁吁地说，"咱们上山到杉林里说说话去吧。谁也看不见咱们。"说着便拉住千重子的袖子。

苗子兴冲冲地赶忙解下围裙，铺在地上。丹波土布做的围裙，能围到腰后，大小足够两个人并排坐在上面。

"请坐吧。"苗子说。

"谢谢。"

苗子摘下包头巾，用手拢了拢头发说：

"真的，你来了，可太好了。我真高兴极了……"苗子眼睛亮晶晶的，看着千重子。

泥土的气息和着杉树的清香，杉山一片芳馨，浓烈袭人。

"到了这儿,下面就看不到我们了。"苗子说。

"我喜欢这美丽的杉林,偶尔也上这儿来过。可是钻进杉树林里,这还是头一次呢。"千重子放眼向四周望去。杉树差不多一般粗细,笔直地矗立在两人的周围。

"这些都是人工培植的。"苗子说。

"是吗?"

"这些树大概有四十多年了。可以伐来做柱子什么的。要是老这么长下去,不晓得能不能长到上千年,长得老粗老高的?有时我就这么想。不过,我更喜欢原始森林。可村里却像种花那样侍弄着这些树……"

"……"

"世界上要是没有人,就不会有京都这座城,到处都会是一片原始森林或是杂草丛生的荒原。这一带就该成了麋鹿和野猪的天下,你说是不?这世上怎么会有人呢?人哪,真是可怕呀……"

"苗子,你常想这些事吗?"千重子感到惊愕。

"嗯,偶尔这么想想……"

"你讨厌人吗?"

"我顶喜欢人……"苗子回答,"没有什么能像人那么叫我喜欢的了。要是世上没有人,那该成什么样子呢?有时躺在山上打过一阵瞌睡,我会突然这么想……"

"这不正是藏在你心里的厌世念头吗?"

"我顶不喜欢厌世什么的。每天我都快快活活地干活……不过,人毕竟……"

"……"

两个姑娘所在的杉林，骤然间幽暗下来。

"下阵雨了。"苗子说。雨水积在杉树梢头，变成很大的水珠，从叶子上落下来。

随之而来的，是一阵轰隆隆的雷鸣。

"好怕人！"千重子脸色发青，抓住苗子的手说。

"千重子，你把腿蜷起来，缩得小一点儿。"说着，苗子伏在千重子身上，几乎把千重子整个儿给遮住了。

雷声愈来愈令人惊怖，电闪雷鸣一阵紧似一阵。那声响大有山崩地裂之势。

而且，惊雷近在咫尺，宛如就在两个姑娘的头上。

雨点唰啦啦地打在杉树梢上，闪电的光把大地照得雪亮，也照在两个姑娘周围的杉树干上。美丽挺拔的树干刹那间显得幽阴可怖。猝不及防，又是一阵雷鸣。

"苗子，雷好像要劈下来了。"千重子把身子缩成一团。

"也许会劈下来。不过，劈不到咱们头上。"苗子用力地说，"怎么会劈下来呢！"

于是苗子用身子把千重子遮得更严了。

"小姐，你头发湿了一点儿。"说着苗子用手巾把千重子脑后的头发揩了揩，然后将手巾叠成两折，盖在千重子的头上。

"雨点也许会淋透，但雷是绝不会劈到小姐头上或是身旁的。"

性情刚毅的千重子，听了苗子镇定自若的声音，才稍稍放下心来。

"谢谢……真得谢谢你。"千重子说，"你遮着我，自己却被淋湿了。"

"干活穿的衣裳，不要紧。"苗子说，"我高兴极了。"

"你腰上发亮的，是什么呀？"千重子问。

"哎呀，我真大意。是镰刀。刚才在路边刮杉树皮，一看到你就奔过来，竟把镰刀也带来了。"苗子发现腰上的镰刀后说。"好险！"苗子说着把镰刀扔到远处。是一把没有木柄的小镰刀。

"回去时再捡吧。可我真不想回去……"

雷声从两人的头上响了过去。

千重子完全想象得出，苗子用身体庇护自己的姿态。

纵然是夏天，山里下过阵雨，人的指尖也会是冰凉的。可是苗子从头到脚遮着千重子，把体温也传给了千重子，一直暖到她心上，有种说不出的亲密和温暖。千重子感到幸福，闭起眼睛半晌没动。

"苗子，太谢谢你了。"千重子又说，"在娘胎里，大概你也是这么护着我的。"

"我想准是你推我，我踢你的。"

"可不是。"千重子笑了起来，笑声中充满了手足之情。

雷声停了，阵雨也随着过去了。

"苗子，多谢你了……雨停了吧？"千重子在苗子身下动了动，想站起来。

"停了。不过先别动，再这么待一会儿。树叶上还在滴水呢……"苗子仍旧遮着千重子。千重子用手摸了摸苗子的后背。

"看你都湿透了，不冷吗？"

"我已经惯了，不碍事的。"苗子说，"你来了，我太高兴了，浑身直发热。你也淋湿了一点儿。"

"苗子，爸爸从杉树上摔下来，是在这一带吗？"千重子问。

"不知道。那时我还是小毛头呢。"

"妈妈的老家在哪儿？外公外婆身体都好吗？"

"也不知道。"苗子回答说。

"你不是在那儿长大的吗？"

"小姐，干吗要打听这些事呢？"

经苗子这一诘问，千重子噤了口。

"小姐，你没有这些亲戚。"

"……"

"只要你认我这个妹妹，我就千恩万谢了。祇园会上我真不该多这个嘴。"

"不，我很高兴。"

"我也是……可是，苗子不会到小姐家的店里去的。"

"你来吧，我要好好招待你。还要告诉爸爸妈妈……"

"千万别说。"苗子强调，"倘若小姐像今天这样遇到什么难处，我就是豁出命来也要保护你……你该明白我的意思啦。"

千重子的眼睛一热，说道：

"我说，苗子，前夜祭那晚，人家把你当成我，让你为难了吧？"

"哦，是说什么腰带的那个人吧？"

"那个年轻人是西阵那儿织腰带的。人很靠得住……他说要给你织条腰带，是吧？"

"因为他把我当成你了。"

"最近他把那带子的图样拿来给我看了,我就告诉他,那不是我,是我妹妹。"

"什么?"

"我便求他给我妹妹苗子也织一条。"

"给我?"

"你不是答应过他吗?"

"那是他认错人的缘故。"

"我请他给我织一条,也给你织一条。作为咱们姐妹一场的纪念……"

"我……"苗子感到十分意外。

"倒不是因为祇园会上你答应的缘故。"千重子温柔地说。

苗子的身子方才还护着千重子,现在忽然有些发僵,一动不动。

"小姐,要是你碰到什么难处,我会心甘情愿什么都替你做的。可是要我替你接受别人的礼物,那我可不愿意。"苗子干脆地说,"那太难堪了。"

"不是替我。"

"是替你。"

千重子在想,怎么才能劝苗子同意。

"难道我送你,你也不收?"

"……"

"是我要送你,才叫他织的。"

"恐怕不是这么回事。前夜祭那晚,人家认错了人,说是要送你一条腰带。"苗子停了一下,转了话题说,"那个织带子的,那个织匠，可是非常爱慕你呀。我好歹也是个女孩儿，所以我知道。"

千重子顾不得害羞，说道：

"要是那样的话，你就不肯收？"

"……"

"我说了，你是我妹妹，特意请他织的……"

"那我就收下吧，小姐。"苗子终于让步答应了，"尽说些废话，请别见怪。"

"带子由他送到你家里，你住在哪儿呢？"

"住在村濑家。"苗子说，"带子一定会是上好的，像我这种人，有机会系吗？"

"苗子，一个人的将来谁能料得定呢。"

"可不，这倒是。"苗子点点头说，"我倒不想有什么出头之日……这带子即使没有机会系，我也要当作宝贝珍藏起来。"

"我们柜上不卖腰带，回头我可以挑一套和秀男织的腰带相配的和服送你。"

"……"

"爸爸人很古怪，最近生意上的事，他越发提不起精神去管。像我们这种批发店，往后也不能净卖高档货。现在市面上化纤织品和毛料什么的，也慢慢多起来了……"

苗子抬头看了看树梢，从千重子背上直起身子。

"还有点儿水滴落下来……可你这么窝着太不舒服了。"

"没什么。多亏你……"

"生意上的事，你不好帮着照管一下吗？"

"我？"千重子像被触着了痛处，站起身来。

苗子的衣服被淋得精湿，贴在身上。

苗子没有送千重子到车站。不是因为衣服湿，大概是怕引起别人注意。

千重子回到店里，母亲正在过道里头给伙计准备下午的茶点。

"回来了？"

"回来了，妈。今儿个回来得晚了……爸爸呢？"

"进了挂幔帐那间屋，不知在想什么。"母亲凝视着千重子说，"你到哪儿去了？衣裳也湿了，都打皱了，去换换吧。"

"嗯。"千重子上了后楼慢慢换着，又坐了片刻。下楼时，母亲已经把下午三点钟吃的茶点给伙计送过去了。

"妈。"千重子的声音微微发颤，"有件事我想先告诉妈一个人……"

繁子点点头："到后楼上去吧。"

这一来千重子反而不大自然起来，便问：

"这儿下过阵雨吗？"

"阵雨？没下过。你要告诉我的，怕不是下阵雨的事吧？"

"妈，我上北山杉村里去了。那儿有我一个姐妹……也不知道是姐姐还是妹妹，跟我是双胞胎。今年祇园会上头一次遇见。听她说，父母他们早就去世了。"

当然事出繁子的意外。她只是盯着千重子的面孔。"北山杉村里……哦？"

"这事我不能瞒着妈。祇园会那次加上今天，我们一共只见过两次面……"

"还是个女孩儿？现在在干什么呢？"

"在村里帮工，干活。挺好的一个姑娘。她不肯到咱家来。"

"嗯。"繁子沉吟了一下，"知道了这事也好。那么，千重子你……"

"妈，千重子是妈的孩子。还像过去一样，让我做你们的孩子吧。"她神情恳切地说。

"这还用说。千重子就是我的孩子，都已经二十年了。"

"妈……"千重子把脸伏在繁子的腿上。

"其实呢，打祇园会以来，我就见你时常发愣，以为你喜欢上什么人了，妈还想问你来着。"

"……"

"领那姑娘到家里来一次好吗？等伙计下了班，晚上的时候。"

千重子在母亲腿上轻轻摇了摇头说：

"她不肯来。还管我叫小姐……"

"是吗？"繁子摸着千重子的头发说，"还是告诉妈好。长得和你很像吗？"

丹波壶里的金钟儿，开始叫起来了。

松林苍翠

太吉郎听人说，南禅寺附近有座合适的房子出售。便想趁秋高气爽，出去散散步，顺便再看看房子，于是带上妻子女儿同去。

"你打算买下来吗？"繁子问。

"看了再说。"太吉郎马上不耐烦地说，"价格挺便宜，听说房子不大。"

"……"

"就是光散散步也好嘛。"

"好是好……"

繁子心里很不安。要是买下那座房子，往后家里店里要天天来回跑吗？——中京的批发商大街，近来也像东京的银座或是日本桥那样，越来越多的老板另外住，每天去店里上班。要是那样倒也好，太记老店生意虽然日渐萧条，但另外买座小房子，这点儿余裕总还有的。

但是，太吉郎的心思，该不会是把店盘出去，从此"隐居"在那座小房子里吧？趁手头还宽裕，赶早打主意也许更好。可是，住在南禅寺的小房子里，丈夫何以为生呢？人已经年过半百，也该让他过两天称心如意的日子才是。把店盘掉，收入会很可观。但要是坐吃利息，不免让人有种恐慌之感。倘使能请人拿这笔钱好好周转，一家人自能安乐度日。然而，在繁子心目中，一时之间还想不出有这样的人来。

母亲这里心事重重，虽未宣之于口，女儿千重子早已察觉到了。千重子还太年轻，看着母亲的目光，流露出一缕怜恤之情。

与此相反，太吉郎却没事似的，高高兴兴，快快活活的。

"爸爸，既然到那一带散步，咱们从青莲院那儿绕一下好吗？"千重子在车上央求说，"只在门口经过一下就行……"

"哦，樟树，你想看看樟树吧？"

"嗯，"父亲这么机敏，千重子很惊讶，"是看樟树。"

"去，去。"太吉郎说，"爸爸年轻时，常会同三朋四友，在那儿的大樟树下谈天说地。——现在是故旧星散，一个都不在京都了。"

"……"

"到了那儿，处处叫人回首往事啊。"

千重子任凭父亲追怀他的青春年华，隔了一会儿说：

"我从学校毕业后，白天还没看过那儿的樟树呢。"

接着又说："爸爸，您知道晚上游览车的路线吗？参观寺庙，青莲院算一座，汽车一开进山门，就有几个和尚提着灯笼出来迎接。"

长长一段甬路，直通庙门，僧众几人提灯引路，要说情趣，仅此而已。

照导游指南的介绍，青莲院的僧尼会奉淡茶待客。可是千重子笑着说，到了大厅以后，"茶倒有，好些僧尼端着一张大木托盘，上面摆了许多粗瓷茶碗，放下就赶紧走开了。"

千重子接着又说:"也许还有尼姑夹在里面,可是,快得简直叫人来不及看上一眼……真扫兴,茶也是半冷不热的。"

"那有什么办法。要是客客气气,岂不是要耽搁工夫吗?"父亲说。

"嗯,这还算好。宽敞的大院里,四面八方打着照明灯,居然有和尚站在院当中,长篇大论地演说,虽说是介绍青莲院,但真是口若悬河。"

"……"

"走进庙堂,各处都能听见悠扬的古琴声,我和同学说,不知是有人在弹奏,还是放的留声机……"

"嗯。"

"后来我们还去祇园看舞妓来着。她们在歌舞排练场上给跳了两三段舞。哎呀,舞妓叫什么来着?"

"什么样的?"

"腰带倒是垂下来的,衣裳可挺寒酸。"

"嗯?"

"我们接着又从祇园上岛原的角屋去看花魁。花魁穿的衣裳什么的,大概货色很地道。使女也打扮成那样,在粗大的蜡烛的光下,表演了一下喝酒的样子,那叫交杯酒吧?然后在门口的泥地上,还按照花魁的步法走了几步给我们看。"

"哦?能看到这些,就很不简单了。"太吉郎说。

"可不是嘛。要说有趣,就数青莲院的和尚提灯给客人引路,再就是岛原的角屋。"千重子说,"我记得以前好像告诉过你们……"

"什么时候带妈也去看一次。角屋啦,花魁啦,我还从来没见过哪。"母亲说话的工夫,车已经到了青莲院前。

千重子怎么会想到要去看樟树的呢?是因为上一次在植物园樟木林荫道上散过步?还是因为北山杉是所谓人工栽培的,所以她才更加喜欢天然成趣的大树呢?

青莲院入口处的石墙边,只长了四棵樟树。其中,眼前的一棵似乎是棵古稀老树了。

千重子一家三口对着那棵樟树,默默地凝望着,大樟树虬枝横空,盘缠纠结,形状古怪。目不转睛地看着看着,会觉得其中似乎蕴有一股可怕的力量。

"行了吧?走吧!"太吉郎说着便朝着南禅寺走去。

太吉郎从怀里掏出钱夹,找出一张画着去卖房那家的路线图。一面看一面说:

"我说千重子,这樟树,我不大清楚,是不是宜于长在温暖的南国?热海和九州那边就挺多。这里的虽然是老树,你不觉得像个大盆景吗?"

"京都又何尝不如此呢?山也罢,河也罢,人也罢……"千重子说。

"嗯,是吗?"父亲点了点头,又说,"未必人人都如此吧?"

"……"

"无论是今人还是历史上的古人……"

"倒也是。"

"照你这么说,日本这个国家不也如此吗?"

"……"千重子思忖着，父亲的话从大处看，确乎如此。她便说："但是，爸爸，仔细看一下那樟树干，那横空伸张的枝杈，您难道不觉得有股强劲的生命力，令人望而生畏吗？"

"这话很对。你一个年轻女孩子家，怎么净想这种事？"父亲回头看了一眼樟树，然后凝目望着女儿说，"的确像你说的。正如千重子又黑又亮的头发在长一样……爸爸已经变得迟钝了，老朽了。不过，你的话倒很有见地。"

"爸爸！"千重子深情地喊着。

站在南禅寺的山门口，朝院内望去，寥廓空寂，照例不见几个人影。

父亲看着路线图，朝左拐去。房子确实很小，围墙却很高，院子也深，从窄小的院门，到房门口的小径两侧，长着长长一溜胡枝子花，正开着白花。

"呀，好美！"太吉郎伫立在门前，看那白胡枝子花，简直看着迷了。可是，当他看见邻居家那座大房子是家饭馆兼旅馆时，便无意再看房子了。

然而，这一簇簇白胡枝子花，使他流连忘返。

太吉郎有一段时间没来过这里了，看到南禅寺前面的大街上，骤然之间许多人家变成旅馆，他感到惊讶。其中有的经过重新翻修，改成接待团体旅客的大旅社，外地来的学生进进出出，闹闹哄哄的。

"房子好像挺好，可是不行。"太吉郎站在开着胡枝子花的那家门口，嘟哝着。

"看这势头，总有一天整个京都都要变成旅馆了，就像高台寺那一带似的……大阪和京都之间成了工业区，京西一带还有空地，虽然不大方便，却也不顾，那附近不知要盖多少稀奇古怪、豪华时髦的房子……"太吉郎颓丧地说。

太吉郎也许依旧留恋那一簇簇的白胡枝子花，刚走了七八步，一个人又返回去看。

繁子和千重子在路边上等他。

"开得真美啊！这其中难道有什么奥秘吗？"太吉郎走回母女二人身旁时说，"要是用竹棍支起来就好了……倘若下雨，花叶要沾湿衣服，石径便走不得人了。"

太吉郎又说："想必胡枝子花今年照旧盛开时，恐怕房主还无意于出售这座产业。到了非卖不可时，大概也就任其凋零败落了。"

母女二人默默无言。

"人就是这么回事。"父亲神情为之黯然。

"爸爸，您这么喜欢胡枝子花吗？"千重子强作欢颜，"今年是来不及了，明年我给爸爸设计一件有小碎花的衣料，用胡枝子花做图案。"

"胡枝子花是女人家穿的花样。那是用来做女人单衣的。"

"我想试一下，设计成既不是妇女穿的花样，也不是单衣花样。"

"嗯？小碎花，做内衣吗？"父亲看着女儿，笑着掩饰说，"爸爸设计一件樟树花样的和服或和服外褂给你穿，作为酬劳。穿上这种花样该像个怪物了……"

"……"

"正好是男女颠倒。"

"没有颠倒。"

"穿着樟树打底的和服,像怪物似的,你能上街吗?"

"能,哪儿都能去。"

"嗯。"

父亲低头,似在沉思默想。

"千重子,我并非单单喜欢白胡枝子花。不论什么花,不论何时何地,看了总叫我动心。"

"这倒是。"千重子答道,"爸爸,龙村离这儿很近,既然到了这儿,我想顺路去看看……"

"哦,那家店是专门对外国人的……繁子,你看怎么样?"

"千重子想去就去吧。"繁子爽快地答应说。

"嗯。那儿可不出售什么腰带……"

那附近的下河原町,是高等住宅区。

千重子一走进店里,就一一打量摆在右面的一卷卷丝绸女衣料,看得很经心。这些都不是龙村的出品,是钟纺[①]的。

繁子走过来问:"千重子也想穿西装吗?"

"不,不是的,妈。我想知道一下外国人喜欢什么样的丝绸。"

母亲点了点头,站在女儿身后,不时伸手摸摸衣料。

正中的店堂和廊下,陈列着一些仿古衣料,大部分仿的是正仓院[②]藏品,有些是古代衣料。

---

① 钟纺株式会社。前身为1888年成立的钟渊纺织。

② 位于奈良县东大寺大佛殿西北的干栏建筑仓库。分为南、中、北三室,其中南仓、北仓为校仓造建筑。现收藏各种美术品,如圣武天皇的遗物以及东西方文化交流的佛具、日常用品等。

这些都是龙村的出品。龙村曾举行过几次展出，收藏的古代衣料及其图录，太吉郎都看过，印象颇深，名称也全都知道，但仍情不自禁又细细地看起来。

"敝号想叫外国人见识见识，日本也能织出这样的精品。"一个认识太吉郎的店员说。

这话太吉郎以前来的时候，也曾听说过，这次听了仍是点了点头。看到仿唐代的丝绸制品，太吉郎说：

"古代真了不起啊……都上千年了吧？"

这里成匹的仿古衣料大概不会出售。有织成女用腰带的，太吉郎很喜欢，曾给繁子和千重子买过几条。可是这家店看来是面向洋人，没有腰带出售。大件商品不外乎台布之类。

玻璃柜里摆着手提袋、钱包、烟盒、绸巾等一些小物件。

太吉郎买了两三条不像龙村出品的龙村领带和一只菊花绉钱包。"菊花绉"者，是把光悦①在鹰峰发明的一种叫"大菊花绉"的造纸工艺，应用于绸料上。这种工艺，时兴得还不太久。

"东北②有个地方，现在还生产一种钱包，是用结实的日本纸造的，跟这个很相似。"太吉郎说。

"是，是。"店里的人回答说，"不过，同光悦有什么关系，我们还不大清楚……"

里面的玻璃柜，陈列着索尼出的小型收音机，太吉郎一家人看了十分惊讶。即便是为了"赚取外汇"，摆在这里寄售，也太不

---

① 本阿弥光悦（1558—1637）：日本桃山时代至江户初期的艺术家。擅长陶艺、书画、漆艺等。

② 日本东北地区，包括福岛、宫城、岩手、青森、山形、秋田六县。

伦不类了……

他们三人被让进后面的会客室里用茶。店员说，这些椅子，有好几位外国来的所谓贵客都坐过。

窗外是一片杉林，虽然不大却很稀罕。

"这是什么杉？"太吉郎问。

"不大清楚，好像叫广叶杉。"

"哪几个字？"

"花匠不识字，恐怕不准，大概是广阔的广，树叶的叶。据说本州南边才有这种树。"

"树干的颜色……"

"那是青苔。"

小收音机响了，回头一看，有个青年正在向三四个外国女顾客介绍。

"啊，是真一的哥哥。"说着，千重子站了起来。

真一的哥哥龙助，也迎着千重子走过来，向坐在会客室椅子上的千重子的父母鞠了一躬。

"你给那几位太太当导游吗？"千重子说。两个人走近之后，千重子觉得龙助同性情随和的真一不同，有种凌人之势，叫人说不出话来。

"谈不上是导游，我朋友给她们做翻译，因为他妹妹突然死了，我临时代三四天。"

"哦，他妹妹……"

"是的。比真一小两岁，是个可爱的姑娘……"

"……"

"真—英语不大灵,又腼腆,只好我来……这家商店也无须翻译……再说,客人到这里来也只买些小收音机什么的。这些美国太太都住在京城饭店。"

"是吗?"

"京城饭店离这里很近,她们是顺便进来看看的。好好看看龙村的纺织品也行,倒看起小收音机来了。"龙助低声笑笑说,"反正也无所谓。"

"这里陈列收音机,我也是头一次看到。"

"小收音机也罢,龙村丝绸也罢,一个美金就是一个美金,这没什么不同。"

"嗯。"

"方才在院子里,见池里有各种颜色的金鱼,我心里正发愁,要是她们细究细问起来,我该怎么讲解才好。幸而她们只是一迭连声地嚷漂亮呀漂亮的,倒帮了我的大忙。对金鱼,我不大懂。金鱼的颜色,英文究竟怎么说才确切,我也不知道。什么花斑金鱼啦,等等。"

"……"

"千重子小姐,出去看看金鱼好吗?"

"那几位女顾客怎么办?"

"让店员招呼她们好了,马上就到吃茶点的时间了,她们也该回饭店了。说是要会同她们的丈夫到奈良去。"

"那我跟父母说一声就来。"

"对了,我也向她们打个招呼去。"龙助回到女宾身边,不知说了些什么。她们一齐朝千重子看过来。千重子不禁脸颊飞红。

龙助随即过来，带千重子走到院里。

两人坐在池边，看着美丽的金鱼游来游去，默然有顷。

"千重子小姐，对于贵掌柜——就股份公司来说，应该称专务董事或常务董事，你要给他点儿厉害看看。你办得到吧？要我给你助阵也行……"

千重子感到愕然，心里不由得揪紧了。

从龙村回家的当晚，千重子做了一个梦——她蹲在池边，各色各样的金鱼聚在她的脚下。金鱼一条挨一条，有的泼剌翻跳，有的探头出水。

就是这样一个梦。梦见的全是白天的事。千重子把手伸进池里，搅起一圈圈的涟漪，金鱼便游近来。千重子自己也吃惊，对鱼群感到有说不出的喜爱。

站在身旁的龙助，惊讶的程度更甚于千重子。

"千重子小姐的手，难道有什么香气——灵气吗？"龙助说。

千重子听了有些赧然，站起身来说："大概是金鱼很快便能和人相熟的缘故。"

龙助目不转睛地看着千重子的侧脸。

"东山就在那边哪。"千重子躲开龙助的目光说。

"哦，你不觉得山色有些不同吗？已经带些秋意了……"龙助回答说。

千重子醒来后，不记得梦里龙助在不在身旁，半响没能入睡。

第二天，千重子很踌躇，龙助劝她给掌柜点儿"厉害"看看。

她感到难以开口。

店快打烊的时候,千重子坐到账台前。账台是用矮格子栅栏围起来的,很是古朴。植村掌柜感到千重子气色不同寻常。

"小姐,有事吗?"

"给我看一下,有我穿的和服料子没有?"

"小姐穿的吗?"植村松了口气,"您要咱们柜上的?现在挑,是要过年穿的?还是出门做客穿的?要长袖子和服?那好说。小姐一向不是在冈崎染织店或是万记领子店订购吗?"

"把柜上的友禅绸拿给我看看,不是过年穿的。"

"行,行。有多少都拿出来让小姐过过目。也许能中小姐的意。"植村起身招呼两个伙计,耳语几句,三个人捧出十多块料子,在店堂里熟练地一块块摊开来。

"这块就行。"千重子当即挑中,"请在五天或一个星期之内做好。里子什么的,您就看着办吧。"

植村被镇住了。"一方面要得太紧,另外,咱们店是批发商,很少拿活出去定做,不过,这也没什么。"

两个伙计灵巧地卷起绸料。

"这是尺寸。"千重子将一张纸放在植村的桌上,然而没有立即走开。

"植村掌柜,店里的生意我想一点点学起来,熟悉熟悉。还得请您多指教。"千重子轻声细语地说,略微低了低头。

"不敢当。"植村神情颇不自在。

千重子沉静地说:

"明天也行，请把账拿给我看看。"

"账？"植村苦笑着说，"小姐要查账？"

"什么查账呀，我可没那么不知天高地厚。我想看看账，是因为不知柜上都做些什么生意。"

"是吗？要说账，可多得很哪，还有专对税务局的。"

"柜上做了两本账吗？"

"瞧您说的，小姐！要干那弄虚作假的事，得请您小姐来。咱们可完全是光明正大。"

"明天就拿给我看吧，植村掌柜。"千重子口气很干脆，说完便从植村面前走开了。

"小姐，您还没出世，我植村就管这家店哩……"

见千重子头也不回，植村低声又咕噜一句："岂有此理！"然后啧啧两声，说："腰好痛哇！"

千重子走到正在做晚饭的母亲身边，母亲简直被她吓住了。

"千重子，你跟掌柜说这些，可了不得。"

"啊。妈，您辛苦了。"

"年轻人看着老实，也够吓人的了。妈这儿听着都要打哆嗦了。"

"这也是别人出的主意。"

"哦？是谁呀？"

"真一的哥哥，上次在龙村……真一他们柜上，一方面他父亲用心经营，另一方面又有两个好掌柜。所以龙助说，要是植村掌柜辞职不干，他们可以拨一个掌柜来，他亲自来也行。"

"龙助他本人吗？"

"嗯。他说反正将来得做生意，研究院那儿随时都可以退学……"

"是吗？"繁子望着千重子那光艳照人的面庞，"植村掌柜辞职，倒不必担心……"

"龙助后来还说，在种白胡枝子花的那家人家附近，要有合适的房子，就叫他爸爸买下来。"

"哦！"母亲顿时说不出话来，"都怪你爸爸有些厌世的缘故。"

"可他说，爸爸这样不蛮好吗？"

"这也是龙助说的吗？"

"嗯。"

"……"

"妈，我求您件事。也许您都瞧见了，让我把柜上的和服送一套给杉树村那姑娘好吗？"

"好的，好的。外褂也送一件怎么样？"

千重子忙移开目光，泪水涌上了眼眶。

为什么叫高机呢？固然因为手工织机比较高。不过，安装机器的时候，还要把地面浅浅地挖去一层，将机器埋在土里。据说，土里的潮气对生丝无损有益。原先人要坐在高机上，现在是把筐里放上大石头，吊在机器的横头。

有的染织坊里，手工织机和机械织机两种都用。

秀男家只有三台手工机器。兄弟三人各织一台，父亲宗助偶尔也上机器。这在小作坊不少的西阵那一带来说，就算是蛮不错的了。

千重子要的腰带，愈接近完工，秀男心里愈感到喜悦。一来是他苦心孤诣快要织出来了,二来在机杼来去之中,轧轧的机声里,有千重子的倩影在。

不,不是千重子,是苗子。不是千重子的腰带,而是苗子的。然而,秀男织着织着,把千重子与苗子变成一个人了。

父亲宗助立在身旁看了一会儿说:

"哟,好漂亮的腰带!图案很新奇呀。"侧了头又问,"谁家的?"

"佐田家,千重子小姐的。"

"图案呢?"

"千重子小姐设计的。"

"嗯?千重子小姐她……当真吗?哦!"父亲蓦地一怔,看了看,又用手摩挲一下机器上的腰带,"秀男,织得很密实,蛮好。"

"……"

"秀男,记得以前也跟你说过。佐田先生对咱们可是恩深义重呀。"

"听说过啦,爸爸。"

"哦,我说过啦?"宗助依旧喋喋不休地说,"我是织工出身,靠一个人白手起家。好不容易买了一台高机,有一半还是借的钱。我织出一条腰带,就送到佐田先生柜上。光一条带子多寒碜哪,我就晚上偷偷送过去……"

"……"

"佐田先生从来没难为过我。现在机器有三台了,总算过得去了……"

"……"

"话虽如此,秀男,咱们的身份终究不比人家……"

"我知道，您说这些个干什么！"

"你好像看上了佐田先生家的千重子小姐……"

"这是怎么说的！"秀男说着又动手织起来。

腰带一织好，秀男便赶紧上杉树村给苗子送去。

下午，北山那里先后出过几次彩虹。

秀男夹着苗子的腰带，一走到路上便看到了彩虹。彩虹虽宽，颜色却很淡，没有呈弯弓形。他停下脚步，仰望着，彩虹的颜色隐隐约约几乎看不见。

公共汽车开进山峡之前，同样的彩虹秀男又看到两次。先后三道彩虹，形状都不完整，总有一处淡得很。虹本是司空见惯了的，可是……

"这虹不知是主吉还是主凶？"秀男今天心里不免有些惴惴。

天空并不见阴沉。进入峡谷时，那同样是淡淡的彩虹仿佛又出现了，但恰好被清泷川边的一座山遮住了，看不大清楚。

秀男在北山杉村下了车，苗子穿了一身劳动服，用围裙擦了擦湿手，赶紧走了过来。

苗子当时正拿菩提瀑布的沙子（毋宁说更像红褐色的黏土）在仔细搓洗圆杉木。

虽说刚刚十月，山水大概很凉了。在人工挖出的水沟里，圆杉木浮在上面。水沟一头垒着简易炉灶，也许是热水外溢，热气升腾。

"劳您到这么一个山坳里来。"苗子弯腰行礼说。

"苗子小姐，您应许过的腰带，已经织好了，现在给您送来了。"

"是替千重子小姐许下的腰带吧？我不愿意再做别人的替身了。这么见一面就行了。"苗子说。

"这条带子您已经应许过，再说又是千重子小姐设计的图案。"

苗子低下头说："其实，秀男先生，前天千重子小姐店里送来一套衣裳，从和服直到草履，全有了。那么漂亮。也不知几时才能穿得上。"

"二十二日时代祭那天穿好吗？出得来不？"

"没什么，出得来。"苗子毫不犹豫地说。

"站在这里太惹人注目了。"苗子沉吟了一下又说，"到河边碎石滩那儿去吧。"

总不至于像上次和千重子那样，跟秀男一起躲进杉林里去。

"您织的带子我会珍惜一辈子的。"

"不必这样，我还会给您织的。"

苗子没有作声。

千重子送她和服，苗子寄居的那户人家当然知道，所以把秀男领到家去也未尝不可。如今，对千重子的身份和店铺，苗子已经大致有所了解，可谓夙愿已偿。因而，也就不愿再为些许小事给千重子添什么麻烦。

尤其是苗子寄居的村濑这户人家，在当地有山有林，颇为富足，苗子也不辞辛苦，拼命干活。即便千重子家里知道了，也不碍事。较之一家中等规模的绸缎批发店，有山有树的家道也许更为殷实。

然而，同千重子一再来往，情谊弥笃，苗子打算以后要谨慎从事。因为千重子对自己的一腔热爱，她已深有所感……

所以，她才把秀男带到河边的碎石滩上。这清泷川的碎石滩上，凡是能种树的地方，全种上了北山杉。

"这地方太委屈您了，请别见怪。"苗子说。到底是女孩儿家，对腰带总是想先睹为快的。

"好秀丽的杉山！"秀男一面抬头望着杉山，一面打开布包袱皮，解开纸绳。

"我的意思，这里打成鼓形结，这个要系在前面……"

"哎呀！"苗子摩挲着腰带说，"这给我太可惜了。"苗子眼睛放着光辉。

"一个初出茅庐的新手织的，有什么可惜！图案画的是红松和青杉，因为快到正月了。我只想到用红松打成鼓形结，而千重子小姐说要加杉树，来到这里一看，我才恍然大悟。原先一听说杉树，便以为是什么大树、古木，但我故意画得纤巧一些，倒还画对了。红松的树干在色彩上也稍加渲染……"

当然，杉树干也不是按本色画的。形状和色彩都费了一番苦心。

"带子真好。太谢谢了……要是太花哨的，我这种人也没法系。"

"同千重子小姐送的和服相称吗？"

"我看挺相称的。"

"千重子小姐自幼便熟悉京式和服……这条带子我还没给她看过。也不知怎么回事，有些难为情。"

"是千重子小姐设计的图案，怕什么的……我也该给她看看。"

"时代祭那天，就请穿来吧。"说着，秀男折起腰带放进衬纸里。

"请别客气，就收下吧。一方面是我愿织，同时也是千重子小姐的吩咐。您就把我当一个普通的织工好了。"秀男结完绳扣，对苗子说道，"不过，我可是真心真意给您织的啊。"

苗子默默无言地接过秀男递给她的腰带包，放在腿上。

"千重子小姐从小就长在和服堆里，这条腰带同她送您的和服一定很相称，方才也说过……"

"……"

清泷川浅浅的溪水，从两人面前潺潺流过。秀男环视两岸的杉山说："正如我想象的那样，杉树干像工艺品似的矗立在那里，顶端的枝叶很像朴素的花朵。"

苗子脸上蓦地现出凄然的神色。父亲准是在树上一面剪枝，一面心疼被抛弃的婴儿千重子，向另一棵树跳时，一失足摔下来的。当时，苗子同千重子同样是个婴儿，蒙昧无知，直到长大后村里人告诉她才知道的。

而且，千重子——实际上连千重子的名字，她是生是死，以及虽是双胞胎，千重子究竟是姐姐还是妹妹，苗子都无从知道。她只是想，哪怕一次也好，但得能够相逢，能够从旁看她一眼。

苗子那间贫寒的小屋，像个窝棚，至今还荒废在杉村里。一个姑娘家不便单独住在那儿，所以长久以来，一对在杉山里干活的中年夫妇和他们上小学的女孩儿借住在那里。当然，苗子拿不到什么房租，小屋也不值得收房租。

只是上小学的女孩儿极其喜欢花，房前有一株美丽的桂花。

"苗子姐姐！"女孩儿偶尔来找苗子，问怎么侍弄。

"甭管它就行。"苗子说。可是每次走过小屋门前，苗子觉得老远就能比别人先闻到桂花香。这反而使苗子更加抑郁惆怅。

——苗子腿上搁着秀男织的带子，感到格外沉甸甸的。她想起了种种往事……

"秀男先生，千重子小姐的下落我既然知道了，就不打算再去找她了。和服和腰带，只有这次，我收下就是，衷心地谢谢了……想来您能明白我的意思。"苗子真挚地说。

"是的。"秀男说，"时代祭那天，就请来吧。让我看看腰带系在您身上是什么样子。千重子小姐我就不请了。祭祀的队伍从皇宫出发，我在西面蛤御门那里等您，这样好吗？"

苗子双颊微微红了起来，半天才深深点了点头。

对岸河边有棵小树，叶子红彤彤的，映在水中，轻摇款摆。秀男举目望去，问道：

"那边树叶红艳艳的，是棵什么树？"

"漆树。"苗子抬头看了看说。顺便又用微颤的手理一理头发，不知怎的，一头黑发竟散了开来，披到肩上。

"哎呀！"

苗子红着脸，绾起头发，拢了上去，将咬在嘴里的发卡一一别好，但有的发卡掉在地上，不够用了。

秀男看着她的丰姿和举止，觉得有说不出的娟秀俊美。

"您留长头发？"

"嗯，千重子小姐也没剪短。她梳得好，叫你们看不出来……"说着苗子赶忙用手巾包上头发说,"让您见笑了。"

"……"

"在这儿我只顾得给杉树打扮,自己却从不化妆。"

不过,她仍是淡淡地涂了一点儿口红。秀男真希望苗子能把头巾再摘下来,让长长的黑发披到肩上给他看看。可是他不能这么说。看见苗子慌忙拿手巾包头,便觉得没法开这个口。

溪谷狭窄,西面山头天色渐暗。

"苗子小姐,我该告辞了。"秀男说着站了起来。

"今儿的活马上就该收工了……天时短起来了。"

溪谷东面的山坡上,株株杉树亭亭玉立。秀男从树干之间,望着金色的晚霞。

"秀男先生,谢谢您。实在太谢谢了。"苗子说着略微做个收下带子的姿势,站了起来。

"要道谢,请向千重子小姐道谢吧。"秀男说。给这位杉山姑娘织腰带的那份喜悦,在他心里已化作一缕柔情。

"再啰唆一句,时代祭那天,请您务必来。在皇宫西门,也就是蛤御门那儿见。"

"嗯。"苗子深深领首,"这样的和服和腰带,我还从来没有上过身,有点儿怪不好意思的……"

十月二十二日的时代祭,同上贺茂神社和下贺茂神社的葵花祭以及祇园会一样,是庙会繁多的京都的三大庙会之一。虽然祭典在平安神宫举行,但游行队伍却是从京都皇宫出发的。

苗子从一清早便坐立不安,提前半小时便到了皇宫的西御门,在蛤御门的背阴处等候秀男。等待一个男子,在她还是生平头一次。

所幸天晴，长空一碧。

平安神宫是在京都奠都一千一百年之际，于明治二十八年才修建的，所以在三大庙会之中，不消说时代祭历史最短。由于庙会是为庆祝京都定为京城，所以列队着意于表现京城千年风俗的变迁。游行队伍里的人穿着各时代的装束，有的还扮成历史上的一些名人。

例如：和宫、莲月尼、吉野花魁、出云阿国、淀君、常盘夫人、横笛尼、巴夫人、静夫人、小野小町、紫式部、清少纳言等。

此外，还有卖柴女和巫女。

前面列举的是名姬贵妇，其中杂有倡优女贩。至于楠正成、织田信长、丰臣秀吉，以及王朝的公卿武将，更是少不了的。

游行队伍相当之长，宛如一幅京都风俗画卷。

女子加入游行队伍，据说始自昭和二十五年（一九五〇年），从而使得庙会更加绚丽多彩，锦上添花。

队伍的先头由明治维新时期的勤王队和丹波北桑田的山国队开路，压轴的是延历时代文官参朝的队伍。回到平安神宫后，要在凤辇前致祈祷文。

队伍从皇宫出发，所以在皇宫前的广场上看热闹最好。秀男约苗子到皇宫来正是出于这个考虑。

苗子在皇宫门后等着秀男。人群熙攘，谁也没有留意她。只有一个老板娘模样的中年女子径直走过来说："小姐，这腰带真漂亮。是在哪儿买的？跟这身衣裳很配……对不起。"说着便想伸手摸一摸，"能不能让我看看你身后的鼓形结？"

苗子转过身去。

"咦？"经人这么一看，苗子心里反倒踏实下来。因为她有生以来，从未穿过这样的和服，系过这样的腰带。

"你久等了吧？"秀男来了。

靠近队伍出场的席位已被朝拜团体和旅游协会所占据，紧挨着他们的是观礼台。秀男和苗子便站在观礼台的后面。

苗子头一次站在这么好的位置上，不觉忘了秀男和新衣裳，专心看着游行。

但她突然感觉到了什么，便问：

"秀男先生，您看什么呢？"

"看松林的苍翠。你看那队伍，被松林的苍翠一衬托，格外醒目。在皇宫宽阔的庭院里，有一片黑松吧，我最喜欢了。"

"……"

"有时也侧眼看你一眼，可你没发觉。"

"您真是的。"苗子低下了头。

深秋里的姐妹

在京都众多的庙会里，比起"大"字篝火，千重子更喜欢鞍马山的火祭。因为离得不远，所以苗子也去看过。那时，在火祭上，即便两人对面相逢，恐怕也不相识。

去鞍马山朝拜的路上，家家户户要以树枝分隔，房檐上洒好水，在半夜里点起大大小小的松明火把。

上山朝拜时，人们一路上齐声吆喝着："美哉，祭礼！"火焰熊熊，两乘神舆一抬出来，村（现在是镇）里的妇女全部出动，拉着神舆的绳子。最后人们献上大松明火把。仪式一直延续到快要天亮。

可是今年，这个有名的火祭取消了。说是为了节约。火祭不举行了，伐竹祭还照旧。

北野天神庙里的"芋茎祭"今年也不举行了。芋头收成不好，没有芋茎可装饰神舆。

京都鹿谷的安乐寺有"南瓜供"，莲华寺有"黄瓜祭"，这些祭典多不胜数，既能展示古都的风貌，同时也可表现京都人的一个侧面。

近年来，重新恢复的仪式有：岚山河上极乐鸟泛龙舟，上贺茂神社庭院里的曲水之宴等。这些仪式都是当年王朝贵族的风流胜事。

所谓曲水之宴,是人们身着古装坐在溪边,在酒盏漂来之前,吟诗作画,或挥毫疾书,酒杯一经到了跟前,便举觞一饮而尽,然后再让杯盏漂走。这些事全由书童来服其劳。

这个仪式自去年开始举办,千重子曾去瞻礼过。坐在王朝公卿之前的,是诗人吉井勇①(现已作古)。

因为是刚恢复的仪式,一般人还不太熟悉。

岚山的极乐鸟,千重子今年没有去看,觉得没有什么古趣可言。在京都,古趣盎然的仪式,简直多得看不过来。

——母亲繁子一直亲自操持家务,也许是母亲教养的结果,也许是千重子天性如此,她也一向清早即起,揩拭门窗什么的。

"千重子,时代祭那天,你两个好快活呀!"早饭吃完刚收拾好,真一来了电话。看来,真一也认错人了,把苗子当成了千重子。

"你也去了?打个招呼多好……"千重子缩了缩肩。

"我倒想来着,哥哥不让。"真一不存芥蒂地说。

千重子犹豫着要不要告诉他认错了人。从真一的电话来看,苗子大概穿上千重子送的和服,系上秀男织的腰带,去看时代祭了。

苗子的伴,准是秀男。千重子一时间颇感意外,一转念,心里感到一丝温暖,脸上不禁浮出笑容。

"千重子,千重子!"真一在电话里叫道,"你怎么不作声?"

---

① 吉井勇(1886—1960):日本近代歌人、剧作家,因创作以祇园为主题的具有独特唯美风格的和歌而闻名。著有《祝酒》《祇园歌集》《午后三时》等。

"打电话的是你呀！"

"得了，得了。"真一笑了起来，"掌柜在吗？"

"不在，还没来……"

"你没感冒吧？"

"听出像感冒的声音吗？我正在门外擦格子门哪。"

"是吗？"真一好像摇了摇听筒。

千重子朗声笑了。

真一压低声音说："电话是哥哥叫打的。现在他来接……"

和龙助说话，千重子不像同真一那么轻松。

"千重子小姐，掌柜那里，你试探了没有？"龙助劈头便问。

"试探了。"

"嚯，了不起！"龙助加重语气又说，"了不起！"

"母亲无意中也听见了，当时还挺提心吊胆的。"

"是吗？"

"我对掌柜说，我要了解一下柜上生意的情形，想一点点学起来，把账本都拿给我看看。"

"嗯，说得好。哪怕光是这么说说，局面就会不一样。"

"后来，连保险柜里的存折、股票、债券这些东西，也一股脑儿全让他拿了出来。"

"好，了不起！千重子小姐，真了不起！"龙助忍不住说，"想不到你这样一个温柔的小姐……"

"全仗龙助先生的指点……"

"倒不是我指点，是附近同行之间有些风言风语。本来打算，要是千重子小姐谈不成功，家父或是我准备来一趟。但小姐这一手来得顶漂亮。掌柜的态度想必不同了吧？"

"是的，有那么一点儿。"

"我猜也是。"电话里，龙助沉默了好一会儿才又说，"这一手，来得漂亮。"

千重子感到，龙助在电话里好像正在为什么事迟疑。

"千重子小姐，今天中午我想来府上拜访，不知方便不方便？"龙助又补充说，"真一也来……"

"这有什么不方便的，我又没什么大不了的事。"千重子说。

"年轻小姐嘛！"

"您真是的！"

"怎么样？"龙助笑着问，"趁掌柜也在，我过来一趟。我想来看一眼。不必担心，我就看看掌柜的态度如何。"

"啊？"千重子说不出话来了。

龙助家是室町这一带的大批发商，在同行里颇有势力。龙助虽然还在大学研究生院念书，但店家的声势，自然也使他身上有种威严。

"现在正是吃甲鱼的时令。我在北野的大市订了座，想请你赏光。若连令尊令堂一起请，未免太不自量，所以只请你一个人……我家的童子小哥也去。"

千重子慑于他的气势，只应了一声：

"欸。"

真一在祇园会上扮成童子，乘在插长刀的彩车上，已经是十多年前的事了。可是至今，哥哥龙助有时仍要半开玩笑地喊他为"童子小哥"。也许真一身上仍然保留着"童子"的那种温文尔雅和可爱的风度……

千重子告诉母亲说:"下午龙助和真一要来,刚才来电话了。"

"哦?"母亲有些惊讶。

下午,千重子到后楼上化妆,虽是淡妆素裹,却也花了一些心思。长长的秀发,仔细地梳理了一番。但头发的式样总梳得不那么称心。衣服也不知穿哪件好,左一件右一件,反倒拿不定主意。

等她下了楼,父亲已经外出,不在店里。

千重子到后面客厅,把炭火盆里的炭拨弄好,又四下里打量了一番,看了看狭小的庭院:大枫树上的苔藓,依然青葱翠绿,可树上那两株紫花地丁,叶子已经有些发黄了。

基督雕像灯脚下的小山茶花,开着灼红的花朵。真红得娇艳妩媚,比那红玫瑰还要使千重子销魂。

龙助和真一来了,先向千重子的母亲恭恭敬敬地行礼寒暄,随后,龙助一个人到了账房,端坐在掌柜面前。

掌柜植村慌忙走出账台的矮格子栅栏,向龙助殷勤致意,一再寒暄。龙助虽然也应个一声半声,却始终板着面孔。他这种冷漠神情,植村当然看在眼里。

尽管植村心里寻思,一个学生家,拿个什么架子!但在龙助咄咄逼人的气势下,也无可奈何。

龙助等植村说完,沉着脸说:

"柜上生意兴隆,很好。"

"啊,谢谢,托您的福。"

"家父他们也说,佐田先生柜上幸好有植村先生这样一个掌柜。多年的经验,难得……"

"不敢当。水木先生柜上是大买卖,小可实在微不足道。"

"哪里哪里。我们只是什么生意都做罢了。京式绸缎批发啊,这个那个的,简直就是家杂货店。我是不大喜欢那样的。像植村先生这么谨慎行事、踏实经营的,可一天少似一天喽……"

植村正要回答,龙助已经站了起来,朝千重子和真一待的客厅走去。植村苦着脸子,望着龙助的背影。千重子之前要看账本,跟龙助今天的这一举动,个中的机关,植村自是心知肚明。

龙助走进客厅,千重子像要盘问似的看着他的面孔。

"千重子小姐,掌柜那里我已经稍微点了他一下。是我劝你的,我有这个责任……"

"……"

千重子低头给龙助斟茶。

"哥哥,你看那枫树干上的紫花地丁!"真一指着树说,"有两株吧?几年之前,千重子小姐就把两株花看成是一对可爱的恋人……虽然近在咫尺,却永无团聚之日……"

"呃。"

"女孩子净会想些可爱的念头。"

"你真是,多叫人难为情呀,真一!"千重子把斟好的茶杯放到龙助面前,手略微有些颤抖。

三人乘上龙助店里的汽车,驰向北野六条大市甲鱼店。门面带些古风,是家老字号,连外地游客都知道这家老店。房屋陈旧,天棚很低。

他们要了清炖甲鱼火锅,外加烩什锦。

千重子身上热起来，似乎有些醉意了。

千重子连头颈都泛出了桃红色。头颈的肌理白净细腻，光滑柔嫩，添上一层红晕，越发明艳动人。眼风顾盼撩人，显得含情脉脉。她不时用手摸摸脸颊。

千重子滴酒未沾。可是火锅里的汤汁，大概有一半是酒。

外面虽有汽车等着，千重子仍怕脚下不稳。不过，她感到非常快活，话也多了起来。

"真一。"千重子对好说话的弟弟说，"时代祭那天，你在皇宫院子里看见的两个人，不是我，你认错人了。大概是远看的缘故。"

"别蒙人了。"真一笑着说。

"我一点儿不骗你。"千重子踌躇了一下，"说真的，那姑娘是我妹妹。"

"什么？"真一一副满腹狐疑的神情。

在花事正浓的清水寺里，千重子曾告诉真一说，她是个弃儿。这话想必也会传到真一的哥哥龙助的耳朵里。即或真一没有告诉哥哥，两家的店离得很近，这类事私下里也会不胫而走。作如此想，或许更恰当。

"你在皇宫院子里看见的……"千重子犹豫地说，"我们是孪生，你看见的，是那另外一个。"

真一真是闻所未闻。

"……"

三人沉默有顷。

"我是被抛弃的……"

"……"

"要真是那样，当初扔在我家店门前该多好……真的，扔在我们家门前该多好。"龙助一往情深地说了两遍。

"哥哥，"真一笑着说，"那时的千重子小姐和现在可不一样。那时是个初生的婴儿。"

"婴儿不也好吗？"龙助说。

"你是因为看到现在的千重子才这么说的。"

"不是的。"

"人家是佐田先生锦衣玉食、当作掌上明珠来养大的。这样，千重子才成为今日的千重子。"真一说，"那时，哥哥自己还是个娃娃呢。娃娃能抚养婴儿吗？"

"能养。"龙助犟头倔脑地说。

"哼，哥哥总是这么自负，不肯认输。"

"也许是这样，不过，那我也愿意抚养千重子这个婴儿的。母亲一定肯帮我的。"

千重子酒醒了，脸色发白。

秋天里，北野的舞蹈会演要跳上半个月。结束的前一天，佐田太吉郎一个人去了。茶馆给的入场券，当然不止一张，但太吉郎谁都不想请。看了舞蹈回来，再结伴去茶馆，他嫌麻烦。

太吉郎神情不悦，走进茶座时，舞蹈还没开始。今天坐在那里专司点茶的艺妓，也没有太吉郎所熟悉的。

在她旁边，站了七八位少女。可能是帮着递杯送盏的，一色都穿着粉色的长袖和服。

只有站在中间的一个少女,穿一身蓝。

"咦?"太吉郎几乎失声叫了出来。少女的妆化得很漂亮。她不是由那个花街柳巷的老板娘带着,和太吉郎一起乘"叮叮当当老爷电车"的女孩儿吗?唯独她一个人穿蓝,也许管点儿什么事呢。

这位蓝衣少女给太吉郎端来淡茶,样子矜持,笑都不笑一下。完全是按规矩行事。

太吉郎的心,顿感轻松起来。

舞蹈跳的是八场舞剧《虞美人草图》,就是众所周知的中国那出霸王别姬的悲剧。不过,虞姬拿剑自刎后,被项羽抱在怀里,听着思乡的楚歌而死去,项羽也随即战死;下一场便转到日本,讲的是熊谷直实、平敦盛及玉织姬的故事。杀了敦盛之后,熊谷感到人生无常,遂出家为僧;在凭吊古战场之时,敦盛家的周围,虞美人花盛开。这时笛韵悠扬,接着敦盛显灵,要求把青叶笛收藏在黑谷寺里,玉织姬的阴魂则要求将她香冢前虞美人开的朵朵红花供在佛前。

舞剧之后,又演出一出热闹的新编舞蹈,叫《北野风流》。

上七轩的舞蹈,与祗园的井上派不同,属于花柳派。

太吉郎走出北野会馆,顺路走进那家古色古香的茶馆。坐在那里出神。

"给您叫哪位姑娘呀?"茶馆老板娘问。

"嗯,咬舌头的那个姑娘吧。——其次嘛,穿蓝衣送茶的那个孩子如何?"

"乘'叮叮当当电车'的那个吗……好吧,光见个面也许行。"

艺妓没到之前,太吉郎喝了几盅,艺妓来了之后他就故意站起来走出屋子。艺妓跟在身后,太吉郎问:"现在还咬人吗?"

"您记得可真清楚,不要紧,您伸出来试试看。"

"我可害怕。"

"真的,不要紧。"

太吉郎把舌头伸了出来,舌头被艺妓吸进她那温润而柔软的嘴里。

太吉郎轻轻抚拍着女人的背说:

"你堕落了。"

"这就算堕落?"

太吉郎想漱口,可艺妓站在一旁,他有所不便。

艺妓这种淘气法太大胆了。在她,恐怕也是不假思索、毫无意义地做做。太吉郎并不讨厌这个年轻的艺妓,也不觉得不洁净。

太吉郎要回客厅,艺妓抓住他:

"等一下。"

她掏出手帕,擦了擦太吉郎的嘴唇。手帕上沾着口红。艺妓又把脸凑近太吉郎的脸,一边看,一边说:

"嗯,这回行了。"

"谢谢……"太吉郎将双手轻轻搭在艺妓的肩上。

艺妓为了擦唇膏,留在盥洗间的镜台前。

太吉郎踅回客厅,那里一个人也没有。他像漱口似的呷了两三杯冷酒。

他仍觉得身上什么地方沾了艺妓的气味,或是她的香水味。太吉郎隐约觉得身心仿佛年轻了些。

太吉郎自忖，即便是艺妓过于淘气，自己也未免太冷淡了些。恐怕是自己长久没有和年轻女人胡调的缘故。

这艺妓刚二十出头，或许是个大有意趣的主。

老板娘领了少女进来。仍是那身蓝色长袖和服。

"您既然想看她，我就跟人家说，只来见见面。您瞧，年龄总归还小。"老板娘说。

太吉郎看着少女说："方才端茶……"

"是。"少女毕竟是茶馆的孩子，一点儿都不忸怩，"我心里想，可不就是那位大爷嘛，便把茶端了过来。"

"啊，那就多谢了。你还记得我？"

"记得。"

艺妓这时也回到屋里。老板娘对她说：

"佐田先生对小千代，喜欢得不得了。"

"哦？"艺妓盯着太吉郎说，"您眼光可真高呀。还得等上三年呢。小千代明年春天要上先斗町去。"

"先斗町？为什么？"

"她想当舞妓。她说迷上了舞妓的风采，是吧？"

"哦？要当舞妓，祇园那里岂不更好？"

"小千代的伯母在先斗町，就图的这个。"

太吉郎一边瞧着这位少女，一边忖量，这孩子不管去哪儿，准能成为顶尖儿的舞妓。

西阵和服纺织工业公会做出一项前所未有的大胆决定：十一月十二至十九日，八日之内全部织机一律停工。十二、十九两日本就是星期天，所以实际上停工六天。

停工原因颇多，概括成一句话，即出于经济上的考虑。由于生产过剩，库存衣料达三十万件。为了打开销路，改善经营，才采取这一措施。此外，也有近来银根紧缩之故。

从去年秋天到今年春天，收购西阵衣料的商号相继倒闭。

停机八天，大约可少产八九万件衣料，这个措施看来能奏效，估计会成功。

西阵纺织街，尤其是小巷里，一目了然，很多零散的家庭作坊，也都服从这一决定。

那里满是小房子，瓦顶陈旧，屋檐很宽，鳞次栉比，低矮地伏在地面上。即使有二层楼，仍很低矮。窄得像甬道似的小胡同错综交杂，连织机的声音，听着都显得晦暗。这些大概不是自家的机器，而是租来的。

提出申请要求破例不停机的，统共只有三十多家。

秀男家不织衣料，光织腰带。有三台高机，白天也须点灯。不过，车间总算亮堂，屋后也有空地。可是，屋子之小令人不禁要想，简陋的厨房用具都放在哪里，家人坐卧休息又在什么地方呢？

秀男身体健壮，既有才干，又有事业心。但坐在高机窄窄的板条上，年深日久，屁股上说不定会坐出老茧来。

那天约苗子去看时代祭，皇宫大院里的青松，倒比穿各朝服装的游行队伍更吸引他。这或许是他得以从日常生活中暂时解脱出来的缘故吧？而面对狭窄的山谷，在山上劳作惯的苗子，倒并没有怎么留意……

不过，自从时代祭那天，苗子系了自己织的带子以后，秀男干起活来劲头更足了。

千重子和龙助、真一两兄弟去了大市回来后,虽说不上是非常痛苦,但有时总觉得一颗心仿佛失落在哪里似的,仔细一琢磨,还是苦恼的缘故。

十二月十三日的"准备年事节"已经过去,京都的气候也进入了地道的冬天,极其多变。响晴的天也会下起阵雨来,时而是雨夹雪。天气时阴时晴,阴晴莫定。

按京都的风俗,从十二月十三日的"准备年事节"那天起,便要准备过年,送年礼。

信守这些老规矩的,仍要数祇园那些花街柳巷。

艺妓和舞妓要给平素照应自己的茶馆、歌舞师傅和年长的艺妓家送镜饼①。

然后,舞妓四处拜谢。见面要说"恭喜发财",意思是这一年已平安过来,明年还请格外照应。

这一天,艺妓和舞妓打扮得比平时更加花枝招展,来来往往,提早到来的岁暮即景,把祇园一带点缀得花团锦簇。

千重子家所在的这一带,没那么热闹。

吃完早饭,她一个人上楼,随便打扮了一下。她不时发怔,停下手来。

在北野的甲鱼店里,龙助的话,情见乎辞,时时在她胸中起伏。要是婴儿时的千重子,被扔在他们龙助家门口该多好——话

---

① 一种圆形的大年糕,一般是有上下两片。

不是已经说得很明白了吗?

龙助的弟弟真一,和千重子是从小就认识的,一直同学到高中,性情温和恭良。千重子知道真一很爱她,可他从来没像龙助那样说过使她动心的话。千重子可以不拘形迹,同他在一起玩。

千重子梳好长长的秀发,披在肩上,下楼来。

快吃完早饭时,北山杉村的苗子给千重子打来了电话。

"是小姐吗?"苗子谨慎地问,"我想见见你,有件事要跟你商量一下。"

"苗子,真怪想你的……明天好吗?"千重子回答说。

"什么时候都行……"

"你到店里来好吗?"

"原谅我,店里我不能去。"

"你的事我已经告诉妈了,爸爸也知道。"

"店里总有伙计什么的吧?"

"……"千重子沉吟了一下,"那么,我到村里来吧。"

"那我太高兴了。可是大冷天……"

"我顺便也想看看杉树……"

"是吗?这儿不仅冷,说不定还会下阵雨,你要准备好了再来。尽管我可以点上几堆火。我在路边干活,你一来我准瞧得见。"苗子爽朗地说。

冬之花

千重子穿上了长裤和厚毛衣,这是从来没有过的。脚上一双厚袜子很漂亮。

父亲太吉郎正在家里,千重子坐在父亲面前,同父亲打招呼。太吉郎不觉瞪大眼睛,望着千重子这身少见的打扮,问:

"要去山里吗?"

"是的……北山杉村那姑娘说,有事要同我商量,想见见我……"

"是吗?"太吉郎毫不犹豫地说,"千重子!"

"欸!"

"要是那姑娘有什么困苦和为难的事,就把她领回家来吧……我们可以收养她。"

千重子低下头。

"不错嘛。有两个姑娘,我和老婆子会觉得挺热闹的。"

"爸爸,谢谢您的好意。谢谢爸爸。"千重子俯下身去,热泪顺着脸颊流了下来。

"虽则你从吃奶的时候起,就由我们一手养大,我们一直把你当成心肝宝贝,可是对那姑娘,也一定尽量不分厚薄。她既然像你,准会是个好孩子。把她领家来吧。二十年前,双胞胎被人看不起，现在已经无所谓了。"父亲说。

"繁子，繁子！"太吉郎招呼妻子。

"爸爸，我打心眼里谢谢您。可是，苗子那孩子决不肯到咱家来的。"千重子说。

"为什么？"

"她的心思，准是怕妨碍我的幸福。"

"那会妨碍什么呢？！"

"……"

"究竟会妨碍什么呢？"父亲侧着头又说了一遍。

"方才我说，爸爸妈妈都知道了，让她今天来店里，"千重子含着泪说，"她顾虑伙计和邻居……"

"伙计怕什么！"太吉郎大声嚷道。

"我知道爸爸的意思，不过，今儿个还是我先去看看再说。"

"也好，"父亲点头说，"路上当心些……那么，你就把方才爸爸的话告诉苗子那孩子吧。"

"是。"

千重子在雨衣上加了风帽，换了一双雨鞋。

清晨，京都市区的天空晴朗无云，可是说阴就阴，北山那里或许要下阵雨。在市区就看得出这种天色。要是没有京都这些秀丽低矮的群山遮挡，也许会看到那里正是天阴欲雪的作雪天哩。

千重子乘上国营的公共汽车。

去北山的中川北山町，有国营和市营两路公共汽车。市营汽车只开到京都市（现已扩大）北郊尽头的山口那里便折回来，国营公共汽车则一直通到远在福井县的小滨。

小滨在小滨湾旁,进而又从若狭湾伸展到日本海。

大概是冬天天冷,车上乘客不多。

一个有人伴随的年轻男子,紧紧盯着千重子瞧。千重子被看得有些发毛,便戴上风帽。

"小姐,求求你,别戴上那玩意儿藏起来嘛!"那年轻人声音沙哑,跟年龄很不相称。

"喂,不许说话!"旁边的男人说。

向千重子说话的年轻人,手上戴着手铐,不知是什么罪犯。旁边的人,大概是个刑警。翻山越岭,要把他押送到什么地方去呢?

千重子不能摘下风帽露出脸给他看。

车到了高雄。

"这是在高雄什么地方?"有个乘客问。

其实未必像他说的那样看不出来。枫叶已经飘零殆尽,树枝梢头已有冬意。

栂尾山下的停车场上,简直就没有车辆。

苗子穿着劳动服,一直来到菩提瀑布车站,等着接千重子。

千重子的这身打扮,乍一看很难认出她来。苗子倒一眼就认了出来。

"小姐,你来了,可太好了。真的,跑到这深山里来,真太好了。"

"哪是什么深山呀。"千重子没来得及摘下手套,便握住苗子的两手说,"真高兴。从夏天以后,就没见过面。夏天在杉山上那次,多谢你了。"

"那算什么！"苗子说，"话又说回来，要是当时雷真劈到咱们头上，又会怎么样呢？不过，那我也高兴……"

"苗子，"千重子边走边说，"你把电话打到家里，一定有什么万不得已的事。你先说说吧，不然也没心思聊别的。"

"……"苗子一身劳动服，头上包着手巾。

"什么事呢？"千重子又问了一句。

"就是秀男他向我求婚，所以……"苗子也不知是跟跄了一下还是怎的，一把抓住了千重子。

千重子搂住摇摇晃晃的苗子。

苗子每日劳动，身体很结实。——夏天她们遇上雷雨那次，千重子因为害怕，没留心。

苗子很快便站稳了，可是让千重子这么搂着，她心里很高兴。所以她宁愿这么靠着千重子走路，不想离开她。

千重子搂着苗子，不知不觉反倒靠在苗子身上。但两个姑娘谁都没注意到这一点。

千重子戴着风帽说："那你是怎么答复秀男的呢？"

"答复？我当场怎么能马上就答复呢？"

"……"

"他把我当成你——现在当然不是认错人，可是你已经深深印在他心上了。"

"没有的事。"

"不，我很清楚，尽管他没认错人，但也是把我当作你的替身才求婚的。在我身上，恐怕秀男先生看到的，是你的幻影。这是第一……"苗子说。

千重子记起一件事：春天里，郁金香盛开的季节，一家人从植物园回来，走在加茂川河堤上，父亲曾和母亲商量，把秀男招赘给千重子做女婿。

"其次，秀男先生家是织腰带的。"苗子加重语气说，"这么一来，要是跟小姐家的店发生点儿瓜葛，给你添什么麻烦，或是周围的人用奇怪的眼光打量我们，我就是死了也对不起你。所以，我真想躲开，躲到老远老远的深山里去……"

"你为什么这么想？"千重子摇着苗子的肩膀说，"今儿个到这儿来，我也是跟父亲说好了才出来的。母亲也都知道了。"

"……"

"你知道父亲说了什么？"千重子更加使劲摇着苗子的肩膀说，"说要是苗子那姑娘有什么困苦和为难的事，就把她领回家来吧……我是作为嫡亲女儿入的户籍。可父亲说，对那孩子要尽量不分厚薄。又说，我一个人也太孤单了些。"

"……"

苗子取下包头手巾说了声"谢谢了"，然后把手巾捂在脸上。"打心里谢谢你了。"她好半天说不出话来，"我，你知道，没有亲人，没有真正可依傍的人，虽然感到孤单，可我尽量不去想，拼命干活。"

千重子故作轻松地说：

"关键问题是，秀男先生的事怎么样呢？"

"这事一时之间还答复不了。"苗子看着千重子，带着哭声说。

"手巾给我一下。"说着千重子接过苗子的手巾,"这么淌眼抹泪的就进村了?"于是给她擦眼睛,擦腮帮。

"不要紧。我虽然好强,干活不让人,就是爱哭。"

千重子刚给苗子擦好脸,苗子反倒伏在千重子胸口上,越发抽噎起来。

"这多不好!苗子,伤心了?别哭了!"千重子轻轻拍着苗子的背说,"你再这么哭,我可要回去了。"

"不,别回去!"苗子一惊,从千重子手里拿过自己的日本布手巾,使劲擦脸。

好在是冬天,看不出她哭过,只是眼白还有些发红。苗子用手巾把头包得严严的。

两人默默走了一会儿。

北山杉连一些小树杈都被修枝剪掉了,留在树梢的叶子,微呈圆形,青幽素雅,像冬天的花朵。

千重子觉得差不多了,便对苗子说:

"秀男的带子花样又好,织得也密,人是非常认真的。"

"是的,这我知道。"苗子回答说,"时代祭那天,他约我去来着。他当时与其说看身穿各朝服装的游行队伍,不如说在看游行队伍后面皇宫里的青松,和东山变幻的山色。"

"看时代祭游行,对他来说已经没什么稀罕了。"

"不,不是那么回事。"苗子用力地说。

"……"

"队伍走完之后,他非要我去他家不可。"

"他家?秀男先生的家吗?"

"嗯。"

千重子不免有些惊讶。

"他还有两个弟弟。他领我到屋后的空地上，说我们两人要是结婚，就在那儿盖间小屋子，尽可能只织些自己喜欢的腰带。"

"那还不好！"

"好？他是把我当成你的幻影，才向我求婚的。我一个女孩子家，这类事自然懂。"苗子又提起话头。

千重子一边走，心里一边犹豫，不知如何回答才好。

狭窄的山谷旁，有一条小小的山涧，那些洗圆杉木的女人正围坐成一圈，烤着手脚，篝火的烟，冉冉上升。

苗子来到自家的小屋门前。说是小屋，还不如说是窝棚。年久失修的草屋顶已经倾圮，呈波纹状。因为是山里人家，有个小院子，肆意生长的南天竹繁茂高大，枝头结着通红的果实。就这七八株南天竹，也是枝权交错，缠绕不清。

这座荒凉的小屋，或许当初也是千重子的家。

从屋侧走过时，苗子的泪水已干。这就是她们的家，是告诉千重子好呢？还是不告诉的好？千重子是生在母亲的娘家，恐怕没在这屋住过。苗子还在襁褓中的时候父亲就去世了，后来又失去母亲，自己究竟在这小屋住没住过，她也记不大清楚。

幸好千重子只顾抬头望着杉山和放好的一排排圆杉木，没有留意这座小屋，径自走了过去。苗子也就没提小屋的事。

挺拔的杉树，树冠略圆，树梢还留着叶子，一经看成是"冬之花"，便果真像是冬之花了。

一般人家都在屋檐下和二楼上晾了一排去皮洗净的圆杉木。白白的圆杉木，连根都收拾得干干净净的，竖了一排，煞是好看，也许比什么墙都美。

山上，杉树根旁的草已经枯黄。杉树的干，亭亭直立，一般粗细，显得很美。树皮带点儿圆斑。从树缝里，可以望见一角天空。

"你不觉得冬天美吗？"千重子说。

"是吗？天天看，看惯了，也就不觉得了。不过，冬天的杉树，叶子带点儿浅黄，是不？"

"就像花儿一样。"

"花儿？像花儿吗？"苗子仿佛觉得有些意外，仰望着杉山。

她们又走了一阵，看见一幢古雅的房屋。大概是户大山主家。矮墙的下半截是涂成赭红色的木板，上半截是白色的，墙头有苫瓦的滴水檐。

千重子停下脚步说："好漂亮的房子。"

"小姐，我就住在这户人家里。进去看看好吗？"

"……"

"不要紧。我在这家已经住了快十年了。"苗子说。

千重子听苗子说过两三次，与其说秀男把她当成千重子的替身，不如说当成幻影，才向她求婚的。

说"替身"，还好懂，"幻影"究竟是什么呢？尤其是提到结婚的时候……

"苗子，你总说幻影、幻影的，到底幻影是什么呢？"千重子追问。

"……"

"幻影岂不是摸不着、看不见的东西吗？"千重子接着说，突然脸上飞起一片红晕。不仅面孔一模一样，恐怕任何一处都和自己相似的苗子，要为男人所有了。

"无形的幻影是这么个样的，"苗子回答说，"它存在于男人的心头上或胸怀里，也可能取别的形式。"

"……"

"哪怕我变成六十岁的老太婆，而幻想中的千重子，不依然是如今这么年轻吗？"

这话千重子听着十分意外。

"你居然想到这种事？"

"一个美丽的幻影，是永远不会令人生厌的。"

"那倒也不见得。"千重子勉强说了这么一句。

"幻影，你不可能踏倒它，还不是自己为之神魂颠倒吗？"

"嗯……"千重子觉得苗子带点儿妒忌心在说话，"其实，哪有什么幻影？"

"这儿就有……"苗子摇撼着千重子的身子。

"我不是幻影。是苗子的孪生姐妹。"

"……"

"难道说，你跟我的幽灵也做姐妹吗？"

"看你说的。这是指你千重子呀。不过，那也只限于秀男先生……"

"你想得太多了。"千重子低头走了几步，"要不，咱们三个人把事情摊开，好好谈一次好不？"

"谈什么——真心话有时可以谈，有时就不可以……"

"苗子，你那么爱多心吗？"

"并不，但我也有一颗少女的心呀……"

"……"

"阵雨从周山那边移到北山这边来了。山上的杉树也……"

千重子抬眼望去。

"赶快回去吧。好像要下雨夹雪了。"

"我怕天下雨，带了雨具来的。"

千重子脱下一只手套，把手给她看，说："这只手，不像小姐的手吧？"

苗子一怔，两手握住千重子的手。

千重子还不知不觉，天就下起阵雨来了。连住在这村里的苗子，恐怕也没留心到。这雨，不同于小雨，也不像毛毛雨。

千重子放眼向四面山上望去。意态清寒，云气蒙蒙。山麓下丛立的杉树，一株株反而更加分明。

不一会儿，群山的山头云雾凄迷，分不出界限。天色与春天的云霞不同。现在这天色，毋宁说更像是京都的。

低头一看脚下，地面已经有点儿潮了。

群山不着痕迹地蒙上一层浅灰色，云雾缭绕。

过了片刻，云雾浓重，从山谷上飘下来，还夹着一点儿白的，成了雨夹雪。

"早些回去吧。"苗子这么说，是她忽然看见那白的东西。说不上是雪。雨中有雪，雪又时有时无。

山谷里天时不同，已经薄暗微明，骤然冷了起来。

千重子总也是京都姑娘,对北山那种阵雨并不感到陌生。

"趁你还没有变成冰冷的幻影之前……"苗子说。

"又是幻影!"千重子笑了,"我带着雨具哪……冬天的京都,天气多变,下下就停了。"

苗子抬头看看天说:"现在就回去吧。"说着紧紧握着千重子没戴手套的那只手。

"苗子,真的,你想过结婚没有?"千重子问。

"偶尔想过……"苗子回答说,并且情意深长地给千重子戴上那只手套。

这时,千重子说:

"到我们柜上来一次吧。"

"……"

"来吧。"

"……"

"等伙计下班之后。"

"晚上吗?"苗子吃了一惊。

"住一夜。你的事爸爸妈妈都知道。"

苗子的眼睛露出喜悦的神色,但又有些踌躇。

"哪怕咱们一起过一晚也好。"

苗子站在路边,转过身去,背着千重子潸然泪下。千重子当然不会不知道。

千重子回到室町店里时,城里只是阴天而已。

"千重子,你回来得正好,还没下雨。"母亲说,"你爸爸在里屋等你呢。"

父亲不等千重子招呼完,便探着身子问:

"千重子,那姑娘说什么了?"

"唉。"

千重子不知怎样回答才好,三言两语也说不清。

"说什么了?"父亲又问了一句。

"唉。"

千重子虽然懂得苗子的意思,但有的话也不甚了了。秀男实际上意在千重子,由于难于如愿,只好死了这条心,转而向长得酷似千重子的苗子求婚。姑娘家心细如发,苗子当然很敏感。所以,便对千重子说起"幻影"这套怪论来。难道说秀男心里想娶千重子,而拿苗子来移花接木吗?千重子觉得,这么想倒未必是自己自负。

但是,说不定事情并不仅止于此。

千重子不敢正面看父亲,羞得连头颈都红了。

"苗子那孩子是光想看看你吗?"父亲说。

"是的。"千重子决然抬起头来,"据说大友家的秀男向苗子求婚了。"千重子的声音有些发颤。

"哦?"

父亲审视着千重子,沉默有顷,好像猜着了什么。不过,没有说出来。

"是吗?和秀男?要是大友家的秀男,那倒不错。说实在的,各人有各人的缘分。恐怕这也是因为你的关系吧?

"爸爸!不过,我觉得苗子不会跟秀男好的。"

"哦？为什么？"

"……"

"为什么呢？我觉得蛮好的……"

"倒不是好不好的事，爸爸，您还记得吗？您在植物园可是说过，把秀男招赘给千重子怎么样。那姑娘可是知道这层意思的呢。"

"哦，她怎么会知道？"

"而且，她好像还考虑到秀男家织腰带，同咱们店多多少少有些交易。"

父亲把不住心跳了，默默无言。

"爸爸，求您件事。哪怕一个晚上也好，让那孩子来家里住一夜吧。"

"当然可以。这有什么……我不是说过吗？收养她都行。"

"那她是决不肯的。就一个晚上……"

父亲不胜爱怜地看着千重子。

听见母亲在关窗上的挡雨板，千重子站起身来。

"爸爸，我去帮一下忙就来。"

阵雨悄然滴落在檐头。父亲木然坐在那儿。

龙助和真一的父亲，请太吉郎到圆山公园的左阿弥吃晚饭。冬日天短，从高高的客厅俯瞰市街，已经是灯火点点了。天空灰蒙蒙的，没有晚霞。街市除了灯火，也是灰蒙蒙的。真是一派京都冬天的色彩。

龙助的父亲，是室町街上的大批发商，生意兴隆，为人可靠，可是今天说话却有些吞吞吐吐。一边踌躇，一边说些闲话来拖时间。

"其实呢……"他借着酒力终于点到了正题。而性情优柔寡断或者说日渐消沉的太吉郎，大约也猜到水木先生要说什么。

"其实呢……"水木期期艾艾地说，"大概您从令爱处也听到些关于龙助那个愣小子的事吧？"

"啊，我这人很不中用，所以令郎龙助少爷的好意，我十分领情。"

"是吗？"水木轻松起来，"这小子很像我年轻的时候，一旦打定主意，谁也劝不过来。实在没有办法……"

"我倒是非常感谢他。"

"真的吗？听您这么说，我总算放下心了。"水木当真按着胸口说，"那就请您多多包涵。"说着鞠躬如仪。

太吉郎的店尽管日渐萧条，但是要搬请同行中的后生来帮忙，总是近乎耻辱。要是说来见习，从两家店的规模来说，倒是应该反过来才对。

"对于小店来说，是求之不得，但是……"太吉郎说，"宝号少了龙助少爷，恐怕不大方便……"

"哪里哪里。生意上龙助只是道听途说一点儿皮毛，哪晓得多少。从我这做父亲的来看，怎么说呢？他人还是很踏实牢靠的……"

"是啊，他到小店来，忽然板起面孔坐在掌柜面前，让我都吃了一惊。"

"他就是那么个人。"说完，水木喝起了酒，"佐田先生。"

"哦？"

"倘能叫龙助到府上帮忙，即便不是天天去，他弟弟真一也会慢慢长点儿志气，这一来也帮了我的忙。真一性格温良，直到现在龙助还动不动就嘲笑他，叫他'童子小哥"的，真是不像话……祇园会上真一曾经坐过彩车……"

"因为长得眉清目秀的。同我家千重子从小就是同学……"

"令爱千重子……"水木一时语塞。

"令爱千重子……"水木又重复说，口吻甚至有点儿怒意，"怎么出挑得那么漂亮，好一位出色的小姐。"

"这不是靠父母的力量，是孩子天生的……"太吉郎率直地回答道。

"想来佐田先生心里也明白，府上同我们可算是同行，龙助之所以要去府上帮忙，也为的是想在千重子小姐身旁，多待上一时半刻的。"

太吉郎点了点头。

水木擦了一把额角，龙助的前额跟他很像。水木接着又说："这小子虽然丑，但能干。我绝不敢有任何勉强的意思，万一有朝一日，千重子小姐对龙助还觉得中意，我这实在是老着脸皮，能否请佐田先生招门纳婿？我可以废掉他作为长子的继承权……"说着，又低头一礼。

"废掉……"太吉郎简直吓住了，"偌大一个批发商的继承人……"

"这并非就是一个人的幸福。最近看到龙助那样子，我便这么想。"

"承您厚爱，不过，这种事全要看两个年轻人将来是否情投意合。"太吉郎避开水木的锋芒说,"千重子是个捡来的孩子。"

"捡来的孩子又怎么样呢?"水木说,"我这些话,佐田先生心里知道就是了,龙助去府上帮忙,您看可以吧?"

"那好吧。"

"多谢多谢。"水木看来满心高兴,举杯饮酒的样子也自不同了。

第二天清晨,龙助早早来到太吉郎的店里,立即把掌柜和伙计召集起来,开始盘货,包括漆染绸、白绸、绣花绉绸、单丝绉、绫葛、高级绉绸、棉绸、结婚礼服、长袖和服、中袖和服、普通和服、花锦缎、缎子、高级印花绸、会客礼服、织锦腰带、里子绸、和服饰物等。

龙助只是在一旁看着,什么也不说。自从上一次较量之后,掌柜在龙助面前赔着小心,不敢拿大作势。

虽经挽留,龙助仍赶在晚饭前回去了。

当晚,"笃笃笃"敲着格子门的,是苗子。那声音只有千重子听见。

"哟,苗子!从傍晚起就挺冷的,你来了可真好。"

"……"

"星星出来了。"

"听我说,千重子,见了父母,我该怎么招呼才好呢?"

"你的事他们都知道,见了就说'我是苗子'就行了。"千重子搂着苗子的肩膀,走进屋,"晚饭吃过了吗?"

"我在那边吃过鱼肉饭卷来的,甭张罗了。"

苗子虽然有些拘束,但二老一看到这么相像的姑娘,简直瞠目结舌,几乎说不出话来。

"千重子,你们上楼去吧,两个人从从容容说说话儿。"还是母亲繁子体贴。

千重子拉着苗子的手,走过窄窄的廊子,上了后楼,点上暖炉。

"苗子,来一下。"千重子把她叫到穿衣镜前,凝视着两人的面庞。

"真像。"千重子浑身感到热乎乎的,两人又左右对换位置站着,"真是一模一样。嗯?"

"孪生姐妹嘛。"苗子说。

"人要是净生双胞胎,那会成什么样子呢?"

"准是老认错人,麻烦得很。"苗子退后一步,眼睛湿润了,

"人的命运真不可思议呀。"

千重子也退到苗子身边,用力摇着苗子的肩膀说:

"你就住下来不好吗?爸爸妈妈都这么说……我一个人又很孤单……虽然在杉山那里不知有多舒畅……"

苗子仿佛站不住似的,一歪身跪了下去。她一边摇着头,眼泪滴在膝盖上。

"小姐,直到现在,咱们的生活境遇都不一样,教养也不同。室町①这儿的生活,我未必过得惯。就让我到府上来这么一次,只要这么一次就行了。也是想穿上你送我的衣服,让你看看……再说,杉山你都去过两趟了。"

"……"

---

① 位于京都市中心乌丸街附近,是重要的纺织品批发街。

"而且，两个婴儿中，父亲抛弃的是小姐你呀！虽然我当时什么也不知道。"

"这些事我早就忘记了。"千重子毫不在意地说，"我现在也不去想，我还有过那样的父亲。"

"我想父母他们也许是受到报应了……尽管我那时还是个婴儿，请你原谅吧。"

"这事有你什么责任和罪过？"

"倒不是这个意思。先前我说过，我苗子决不妨碍小姐你的幸福。"苗子放低了声音说，"所以，我还是销声匿迹的好。"

"不行，你这是怎么说的……"千重子用力说，"你这样可太不公平了……苗子，你觉得不幸吗？"

"没有，但是感到孤独。"

"幸福是短暂的，孤独是长久的，你说是不？"千重子说，"咱们躺下，再好好聊……"千重子从壁橱里拿出铺盖来。

苗子一面帮忙，一面说："幸福大概也就是这么回事吧。"然后侧耳倾听屋檐上的声音。

千重子见苗子凝神细听，便问：

"阵雨吗？还是雨夹雪？要么是阵雨里带雪花？"说着千重子也停下手来。

"谁知道呢，或许是小雪？"

"雪？"

"这么静！这不是平常下的雪，实在是小极了的那种细雪。"

"哦。"

"山里常常下这种细雪,干活的时候,不知不觉间,杉树叶上就铺了一层白,像花儿似的,连那些冬季落叶的枯树尖上,都变得雪白。"苗子说,"真是美极了。"

"……"

"有时下下就停了,有时变成雨夹雪或是阵雨……"

"要不要打开挡雨板看看?看一眼就知道了。"说着千重子起身要过去,苗子拦住道:"甭开了。怪冷的,你会感到幻灭的。"

"幻呀幻的,你就爱说这个字。"

"幻影吗?"

苗子姣好的面庞上,笑容可掬,但是隐约有一层凄婉的神情。

千重子刚要铺被褥,苗子忙说:

"千重子,就让我给你铺一次床吧。"

两个被窝并排挨着,千重子默默地钻进苗子的被窝。

"啊,苗子,好暖和。"

"干活毕竟不一样些。住的和……"

苗子紧紧搂着千重子。

"这样的夜晚,要冷的。"苗子压根儿不怕冷的样子,"细雪下下停停,停停下下……今儿晚上怕就是……"

"……"

父亲太吉郎和母亲繁子好像上楼走进了隔壁房间。因为上了年纪,他们用电毯暖被窝。

苗子凑近千重子的耳边,悄声说:

"你的被窝已经暖和了,我挪过去睡啦。"

等到母亲把纸门拉开一条缝,看看两个姑娘的卧室时,已是后来的事了。

翌日清晨，苗子早早起床，叫醒千重子说："小姐，这大概是我一生中最幸福的一晚了。趁着还没人看见，我回去了。"

正如昨晚苗子说的，夜来果真细雪下下停停，此刻正是细雪霏霏、寒气袭人的清晓。

千重子起来说："苗子，你没有雨具吧？等一下。"她把自己最好的天鹅绒外套和折叠伞、高底木屐拿给苗子。

"这是我送你的。以后还要来呀！"

苗子摇了摇头。千重子扶着格子门，一直目送她远去。苗子没有回头。千重子的额发上，飘洒下几点细雪，霎时便融化了。市街依旧在沉睡，大地一片岑寂。

汉译文学名著

第一辑书目（30种）

伊索寓言	〔古希腊〕伊索著　王焕生译
一千零一夜	李唯中译
托尔梅斯河的拉撒路	〔西〕佚名著　盛力译
培根随笔全集	〔英〕弗朗西斯·培根著　李家真译注
伯爵家书	〔英〕切斯特菲尔德著　杨士虎译
弃儿汤姆·琼斯史	〔英〕亨利·菲尔丁著　张谷若译
少年维特的烦恼	〔德〕歌德著　杨武能译
傲慢与偏见	〔英〕简·奥斯丁著　张玲、张扬译
红与黑	〔法〕斯当达著　罗新璋译
欧也妮·葛朗台 高老头	〔法〕巴尔扎克著　傅雷译
普希金诗选	〔俄〕普希金著　刘文飞译
巴黎圣母院	〔法〕雨果著　潘丽珍译
大卫·考坡菲	〔英〕查尔斯·狄更斯著　张谷若译
双城记	〔英〕查尔斯·狄更斯著　张玲、张扬译
呼啸山庄	〔英〕爱米丽·勃朗特著　张玲、张扬译
猎人笔记	〔俄〕屠格涅夫著　力冈译
恶之花	〔法〕夏尔·波德莱尔著　郭宏安译
茶花女	〔法〕小仲马著　郑克鲁译
战争与和平	〔俄〕列夫·托尔斯泰著　张捷译
德伯家的苔丝	〔英〕托马斯·哈代著　张谷若译
伤心之家	〔爱尔兰〕萧伯纳著　张谷若译
尼尔斯骑鹅旅行记	〔瑞典〕塞尔玛·拉格洛夫著　石琴娥译
泰戈尔诗集：新月集·飞鸟集	〔印〕泰戈尔著　郑振铎译
生命与希望之歌	〔尼加拉瓜〕鲁文·达里奥著　赵振江译
孤寂深渊	〔英〕拉德克利夫·霍尔著　张玲、张扬译
泪与笑	〔黎巴嫩〕纪伯伦著　李唯中译
血的婚礼——加西亚·洛尔迦戏剧选	〔西〕费德里科·加西亚·洛尔迦著　赵振江译
小王子	〔法〕圣埃克苏佩里著　郑克鲁译
鼠疫	〔法〕阿尔贝·加缪著　李玉民译
局外人	〔法〕阿尔贝·加缪著　李玉民译

第二辑书目（30种）

枕草子	〔日〕清少纳言著	周作人译
尼伯龙人之歌	佚名著	安书祉译
萨迦选集		石琴娥等译
亚瑟王之死	〔英〕托马斯·马洛礼著	黄素封译
呆厮国志	〔英〕亚历山大·蒲柏著	李家真译注
波斯人信札	〔法〕孟德斯鸠著	梁守锵译
东方来信——蒙太古夫人书信集	〔英〕蒙太古夫人著	冯环译
忏悔录	〔法〕卢梭著	李平沤译
阴谋与爱情	〔德〕席勒著	杨武能译
雪莱抒情诗选	〔英〕雪莱著	杨熙龄译
幻灭	〔法〕巴尔扎克著	傅雷译
雨果诗选	〔法〕雨果著	程曾厚译
爱伦·坡短篇小说全集	〔美〕爱伦·坡著	曹明伦译
名利场	〔英〕萨克雷著	杨必译
游美札记	〔英〕查尔斯·狄更斯著	张谷若译
巴黎的忧郁	〔法〕夏尔·波德莱尔著	郭宏安译
卡拉马佐夫兄弟	〔俄〕陀思妥耶夫斯基著	徐振亚、冯增义译
安娜·卡列尼娜	〔俄〕列夫·托尔斯泰著	力冈译
还乡	〔英〕托马斯·哈代著	张谷若译
无名的裘德	〔英〕托马斯·哈代著	张谷若译
快乐王子——王尔德童话全集	〔英〕奥斯卡·王尔德著	李家真译
理想丈夫	〔英〕奥斯卡·王尔德著	许渊冲译
莎乐美 文德美夫人的扇子	〔英〕奥斯卡·王尔德著	许渊冲译
原来如此的故事	〔英〕吉卜林著	曹明伦译
缎子鞋	〔法〕保尔·克洛岱尔著	余中先译
昨日世界：一个欧洲人的回忆	〔奥〕斯蒂芬·茨威格著	史行果译
先知 沙与沫	〔黎巴嫩〕纪伯伦著	李唯中译
诉讼	〔奥〕弗兰茨·卡夫卡著	章国锋译
老人与海	〔美〕欧内斯特·海明威著	吴钧燮译
烦恼的冬天	〔美〕约翰·斯坦贝克著	吴钧燮译

第三辑书目（40种）

埃达	〔冰岛〕佚名著　石琴娥、斯文译
徒然草	〔日〕吉田兼好著　王以铸译
乌托邦	〔英〕托马斯·莫尔著　戴镏龄译
罗密欧与朱丽叶	〔英〕莎士比亚著　朱生豪译
李尔王	〔英〕莎士比亚著　朱生豪译
大洋国	〔英〕哈林顿著　何新译
论批评　云鬈劫	〔英〕亚历山大·蒲柏著　李家真译注
论人	〔英〕亚历山大·蒲柏著　李家真译注
亲和力	〔德〕歌德著　高中甫译
大尉的女儿	〔俄〕普希金著　刘文飞译
悲惨世界	〔法〕雨果著　潘丽珍译
安徒生童话与故事全集	〔丹麦〕安徒生著　石琴娥译
死魂灵	〔俄〕果戈理著　郑海凌译
瓦尔登湖	〔美〕亨利·大卫·梭罗著　李家真译注
罪与罚	〔俄〕陀思妥耶夫斯基著　力冈、袁亚楠译
生活之路	〔俄〕列夫·托尔斯泰著　王志耕译
小妇人	〔美〕路易莎·梅·奥尔科特著　贾辉丰译
生命之用	〔英〕约翰·卢伯克著　曹明伦译
哈代中短篇小说选	〔英〕托马斯·哈代著　张玲、张扬译
卡斯特桥市长	〔英〕托马斯·哈代著　张玲、张扬译
一生	〔法〕莫泊桑著　盛澄华译
莫泊桑短篇小说选	〔法〕莫泊桑著　柳鸣九译
多利安·格雷的画像	〔英〕奥斯卡·王尔德著　李家真译注
苹果车——政治狂想曲	〔英〕萧伯纳著　老舍译
伊坦·弗洛美	〔美〕伊迪斯·华尔顿著　吕叔湘译
施尼茨勒中短篇小说选	〔奥〕阿图尔·施尼茨勒著　高中甫译
约翰·克利斯朵夫	〔法〕罗曼·罗兰著　傅雷译
童年	〔苏联〕高尔基著　郭家申译
在人间	〔苏联〕高尔基著　郭家申译
我的大学	〔苏联〕高尔基著　郭家申译

地粮	〔法〕安德烈·纪德著	盛澄华译
在底层的人们	〔墨〕马里亚诺·阿苏埃拉著	吴广孝译
啊,拓荒者	〔美〕薇拉·凯瑟著	曹明伦译
云雀之歌	〔美〕薇拉·凯瑟著	曹明伦译
我的安东妮亚	〔美〕薇拉·凯瑟著	曹明伦译
绿山墙的安妮	〔加〕露西·莫德·蒙哥马利著	马爱农译
远方的花园——希梅内斯诗选	〔西〕胡安·拉蒙·希梅内斯著	赵振江译
城堡	〔奥〕弗兰茨·卡夫卡著	赵蓉恒译
飘	〔美〕玛格丽特·米切尔著	傅东华译
愤怒的葡萄	〔美〕约翰·斯坦贝克著	胡仲持译

第四辑书目(30种)

伊戈尔出征记		李锡胤译
莎士比亚诗歌全集——十四行诗及其他	〔英〕莎士比亚著	曹明伦译
伏尔泰小说选	〔法〕伏尔泰著	傅雷译
海上劳工	〔法〕雨果著	许钧译
海华沙之歌	〔美〕朗费罗著	王科一译
远大前程	〔英〕查尔斯·狄更斯著	王科一译
当代英雄	〔俄〕莱蒙托夫著	吕绍宗译
夏洛蒂·勃朗特书信	〔英〕夏洛蒂·勃朗特著	杨静远译
缅因森林	〔美〕梭罗著	李家真译注
鳕鱼海岬	〔美〕梭罗著	李家真译注
黑骏马	〔英〕安娜·休厄尔著	马爱农译
地下室手记	〔俄〕陀思妥耶夫斯基著	刘文飞译
复活	〔俄〕列夫·托尔斯泰著	力冈译
乌有乡消息	〔英〕威廉·莫里斯著	黄嘉德译
生命之乐	〔英〕约翰·卢伯克著	曹明伦译
都德短篇小说选	〔法〕都德著	柳鸣九译
无足轻重的女人	〔英〕奥斯卡·王尔德著	许渊冲译
巴杜亚公爵夫人	〔英〕奥斯卡·王尔德著	许渊冲译
美之陨落:王尔德书信集	〔英〕奥斯卡·王尔德著	孙宜学译
名人传	〔法〕罗曼·罗兰著	傅雷译
伪币制造者	〔法〕安德烈·纪德著	盛澄华译
弗罗斯特诗全集	〔美〕弗罗斯特著	曹明伦译

弗罗斯特文集	〔美〕弗罗斯特著 曹明伦译
卡斯蒂利亚的田野：马查多诗选	〔西〕安东尼奥·马查多著 赵振江译
人类群星闪耀时：十四幅历史人物画像	〔奥〕斯蒂芬·茨威格著 高中甫、潘子立译
被折断的翅膀：纪伯伦中短篇小说选	〔黎巴嫩〕纪伯伦著 李唯中译
蓝色的火焰：纪伯伦爱情书简	〔黎巴嫩〕纪伯伦著 薛庆国译
失踪者	〔奥〕弗兰茨·卡夫卡著 徐纪贵译
获而一无所获	〔美〕欧内斯特·海明威著 曹明伦译
第一人	〔法〕阿尔贝·加缪著 闫素伟译

第五辑书目（30种）

坎特伯雷故事	〔英〕乔叟著 李家真译注
暴风雨	〔英〕莎士比亚著 朱生豪译
仲夏夜之梦	〔英〕莎士比亚著 朱生豪译
山上的耶伯：霍尔堡喜剧五种	〔丹麦〕霍尔堡著 京不特译
华兹华斯叙事诗选	〔英〕威廉·华兹华斯著 秦立彦译
富兰克林自传	〔美〕富兰克林著 叶英译
别尔金小说集	〔俄〕普希金著 刘文飞译
三个火枪手	〔法〕大仲马著 江城子译
谁之罪？	〔俄〕赫尔岑著 郭家申译
两河一周	〔美〕梭罗著 李家真译注
伊万·伊里奇之死	〔俄〕列夫·托尔斯泰著 张猛译
蓝眼盗	〔墨〕阿尔塔米拉诺著 段若川、赵振江译
你往何处去	〔波兰〕亨利克·显克维奇著 林洪亮译
俊友	〔法〕莫泊桑著 李青崖译
认真最重要	〔英〕奥斯卡·王尔德著 许渊冲译
五重塔	〔日〕幸田露伴著 罗嘉译
窄门	〔法〕安德烈·纪德著 桂裕芳译
我们中的一员	〔美〕薇拉·凯瑟著 曹明伦译
薇拉·凯瑟短篇小说集	〔美〕薇拉·凯瑟著 曹明伦译
太阳宝库 船木松林	〔俄〕普里什文著 任子峰译
堂吉诃德之路	〔西〕阿索林著 王军译
给一个青年诗人的十封信	〔奥〕里尔克著 冯至译

与魔的搏斗:荷尔德林、克莱斯特、尼采
〔奥〕斯蒂芬·茨威格著　潘璐、任国强、郭颖杰译
幽禁的玫瑰:阿赫玛托娃诗选　〔俄〕安娜·阿赫玛托娃著　晴朗李寒译
日瓦戈医生　　　　　　　　〔俄〕帕斯捷尔纳克著　力冈、冀刚译
总统先生　　　　　　〔危地马拉〕M.A.阿斯图里亚斯著　董燕生译
雪国　　　　　　　　　　　　　　〔日〕川端康成著　尚永清译
永别了,武器　　　　　　　　〔美〕欧内斯特·海明威著　曹明伦译
聂鲁达诗选　　　　　　　　　〔智利〕巴勃罗·聂鲁达著　赵振江译
西西弗神话　　　　　　　　　　〔法〕阿尔贝·加缪著　杜小真译

图书在版编目（CIP）数据

古都 /（日）川端康成著；高慧勤译 . -- 北京：商务印书馆，2024. --（汉译世界文学名著丛书）.
ISBN 978-7-100-24205-9

Ⅰ. I313.45

中国国家版本馆CIP数据核字第2024PJ0655号

权利保留，侵权必究。

汉译世界文学名著丛书
古都
〔日〕川端康成　著
高慧勤　译

商 务 印 书 馆 出 版
（北京王府井大街36号　邮政编码100710）
商 务 印 书 馆 发 行
北京新华印刷有限公司印刷
ISBN 978-7-100-24205-9

2024年11月第1版	开本 850×1168　1/32
2024年11月北京第1次印刷	印张 6⅛

定价：38.00元